给青年朋友

沈从文读库 凌宇 主编

杂文卷

沈从文 著

CNS 湖南文艺出版社 VOL.8

图书在版编目（CIP）数据

给青年朋友 / 沈从文著. -- 长沙：湖南文艺出版社，2024.3
（沈从文读库）
ISBN 978-7-5726-1453-8

Ⅰ. ①给… Ⅱ. ①沈… Ⅲ. ①杂文集—中国—现代 Ⅳ. ①I266.1

中国国家版本馆CIP数据核字(2023)第186691号

沈从文读库
给青年朋友
GEI QINGNIAN PENGYOU

作　　者：沈从文
总 策 划：彭　玻
主　　编：凌　宇
执行主编：吴正锋　张　森
出 版 人：陈新文
监　　制：谭菁菁
统　　筹：徐小芳
责任编辑：刘茁松　刘　敏
书籍设计：萧睿子
插　　画：蔡　皋
排　　版：刘晓霞
校对统筹：黄　晓
印制总监：李　阔

出版发行：湖南文艺出版社
（长沙市雨花区东二环一段508号　邮编：410014）
印　　刷：湖南天闻新华印务有限公司
开　　本：880 mm × 1230 mm　1/32
印　　张：7.25
字　　数：127千字
版　　次：2024年3月第1版
印　　次：2024年3月第1次印刷
书　　号：ISBN 978-7-5726-1453-8
定　　价：42.00元
（如有印装质量问题，请直接与本社出版科联系调换）

沈从文读库·序

凌　宇

作为一代文学大师，沈从文在中国现代文学史上，具有举足轻重且无可替代的地位。早在20世纪30年代，沈从文即被鲁迅称为自“五四”新文学以来“最优秀的作家”之一，且被同时代作家视为“北京文坛的重镇”。尽管在1949至1979年间因“历史的误会”，他的文学作品遭遇了被冷漠、贬损，且几乎湮灭的运命，但自20世纪80年代以降，对沈从文及其文学成就的认识，就一直“行情上涨”，并迭经学术界关于沈从文是大家还是名家、是否文学大师之争，其文学史地位节节攀升。如今，随着研究的不断深入与拓展，沈从文已毫无疑问地成为现代文学史上不可绕过的重要存在。湖南文艺出版社拟出的这套《沈从文读库》，共12卷，涵盖沈从文的小说、散文、游记、自传、杂文、文论、诗歌以及书信等，全面展示了沈从文文学创作的丰富面貌。

沈从文的文学成就，首先在于他构筑了堪与福克纳笔下的“约克纳帕塔法”世系相媲美的湘西世界，并以此为原点，对神性——生命的最高层次进行诗性观照与哲性探索。20世纪20年代末至30年代中期，在《神巫之爱》《月下小景》这类浪漫传奇小说和《三三》《萧萧》等诸多乡村小说中，沈从文成功地构建起一个“神之存在，依然如故”的湘西世界。与之对照的，则是以《八骏图》为代表的都市题材作品中所展现的城里人的生存情状。以人性合理与否为基准，沈从文对城里人的生命状态进行批判，并因此将现代社会称作“神之解体”时代。然而，沈从文对人性的思考，并没有停留在“城里人—乡下人”的二元对立框架，在理性层面完成他的都市批判的同时，也完成着他对乡下人的现代生存方式的沉重反思。沈从文以湘西为题材创作的一个重要组成部分如《柏子》《会明》《虎雏》《丈夫》等，都是将乡下人安置在现代社会环境中叙述其命运的必然流程。在《边城》《萧萧》《湘行散记》等作品中，沈从文既保留了对乡下人近乎自然的生命形态的肯定，又立足于启蒙理性角度，书写了这一“不悖乎人性”的生命在现代社会的悲剧命运，一种浓重的乡土悲悯浸润在作品的字里行间。

不过，面对令人痛苦的现实，沈从文既没有如同废名式地从对人生的绝望走向厌世，也没有如同鲁迅式地走向决绝的反传统，他所寻觅的是存在于前现代文明中的具有人类共有价值的文化因子，并希望他笔下人物的正直与热情“保留些本质在年青人的血里或梦里”，以实现民族品德的重造。这一思考，在20世纪40年代达到顶点。面对大多数人重生活轻生命，重现实实利而从不“向远景凝眸”，在一切都被“市侩的人生观”推行之时，沈从文希冀来一次全面的“清洁运动”，用文字作工具，实现民族文化的经典重造。他不仅在抽象层面对生命与自然、美与爱、生与死等进行一系列哲性探寻——这导致他在这一时期创作了《烛虚》《水云》《七色魇》等大量哲思类散文；同时也在具象层面积极介入社会现实，对青年、家庭、战争、文学、政治等具体问题进行探讨——此期杂文和文论数量明显增多。他对生命的思考，也就由最初的湘西自然神性转入对普泛意义上的人类生命神性的探索。他以“美”与“爱”为核心，力图恢复被现代文明压抑的自然生命，在“神之解体”时代重构生命的理想之境，这在某种程度上也使得他的文学思想得以超越当时具体的历史境遇，而指向对民族未来乃至人类生存方式的终极关怀。

1949年后，沈从文将主要精力转入文物研究，但他的文学思考并未止步。他在清华园休养期间的“呓语狂言”，如《一个人的自白》《关于西南漆器及其他》等，是他对自我精神和思想的深入解剖，其风格近似20世纪40年代的抽象类散文。他与张兆和的不少信件，如其中对《史记》的言说，对四川乡村风物的叙述，对文学艺术的看法等，都可视作书信形式的散文。这些文字勾勒出沈从文试图改造自我以适应新社会，与坚守自我、守望生命本来之间矛盾复杂的思想轨迹，这一矛盾既表现在他的文学观上，也体现在他的人生观上。

时至21世纪，科技日新月异，人工智能时代已经到来，然而人类并没因此解决好自身的问题，相反，经历了新冠疫情并进入后疫情时代的人们陷入更大的生存困境。在科技发展到顶峰之时，人类又将何去何从？今天的人们同样面临着沈从文当年所面对的种种问题。而他的诸多思考，如对进入现代工业文明以来人类不断背离自我、背离自然的反思，对现代人“所得于物虽不少，所得于己实不多”的状态的审视，以及强调哲学对科学的补救、对历史作“有情”观照等，都具有一种独特的眼光和前瞻意识，对当下与未来的中国乃至世界依然具有重要的启示。

沈从文曾说，“在一切有生陆续失去意义，本身亦因死亡毫无意义时”，唯有文字能“使生命之光，煜煜照人，如烛如金”。他希冀借助文字的力量，“重新燃起年青人热情和信心”，让高尚的理想在“更年青的生命中发芽生根，郁郁青青”。经典从不过时，相信今天的人们仍能从他的作品中获得启发，有所会心，这也出版这套文库的目的所在。

目 录

给青年朋友

本省今年的集中军训，旧历中秋就告结束。这次集训留给多数人一个不良印象，实在无可讳言。失败原因自然是多方面的。对负责方面言，不如过去平沪集训之有计划，有办法，一起始就看得出。对受训学生言，把集训当成照例的故事也有关系。我是个吃过军营饭的人，深受入伍训练严格的益处，明白它意义的重大，所以想把失败责任的一部分，放在青年朋友对于军训态度上。大家由于过去对军训的态度，只把它当成一种“大学生受委屈的义务”，从[illegible]把它当成“作国民的义务”，这种轻军训的态度，就可以[illegible]集训陷于无可避免的失败。大家都以为战争是粗人的职[illegible]有团长、营长、班长、兵士去负责，在大社会分工合[illegible]义上，大学生另有大学生的职务。因此在受这种特殊[illegible]，不仅仅是没精打采，十分勉强，并且许多还在[illegible]之间加以反抗。

这只要各人想想，平时对于校中军训的规避与嫌恶，就可明白。这种态度的形成，和过去中国政治状况自然极有关系。中国是个雇佣兵制度的国家，吃粮是某一种人的求生方法，并不是全体国民求生的方法。吴大帅有他自己的部队，张大帅也有他自己的部队，或以人为单位，或以省为单位，他们闹意见时，就发生战争。若就过去二十年种种内战来考察，打仗的确不是大学生所应作的事。亏得大学生不参加，少作无谓的牺牲，间接为国家保存了些元气。（大学生本来的用处，是能够从学校中学得若干普通知识，弄明白某种专门知识的路径，到毕业后，看机会和能力，或升学，或教书，或转入相当机关服务。国家若有组织，政治上了轨道，大学生的出路[illegible]然如此。）中国近数年来在建设方面，经济方面，以及各部门学问，如考古和地质，……有点成绩拿得出手，都可说[illegible]大学生能在分内尽职的结果。可是个人与国家的关系，个[illegible]对于国家应负的责任，是视需要随时变迁的。即如说“战[illegible]过去军阀时代的争夺内哄，我们处于一个旁观者情形下[illegible]合作，不过问，事办得到。现在如果有什么人，还想[illegible]力来推翻当前政府，我们就不会坐视国家统一的破裂，[illegible]新陷入割据混乱的局面，为维持安定和统一，对于内[illegible]会极力想法避免。到无可避免时，也要想方设法直接间接来制止它，消灭它。至于战争若系完全对外，对方又是一个凶狠横蛮的民族，五十年来处心积虑，用尽各种鬼蜮伎俩，豪夺巧取，侵略我领土，削弱我民族生存能力，想慢慢毁灭我整个中国整个中华民族，我们因图自卫自存而战，这战争，当然人人有分！

现在这种战争已继续了一年，在为中华民族自卫自存目的下作勇敢光荣牺牲的，伤亡已将近百万人，参加战争的，动员不下三百万人，因战争影响，死亡流离的，不止两千万人。在战场的后方，每天必有一百架两百架敌人飞机，载了上百吨炸弹，到处随意轰炸，大学校被毁去的约三十校。在我阵地上，还每日有数百吨极猛烈的和有毒气的炸弹炸裂，多少人在这种光景下挣扎拼命！试想想看，这是一幅如何凄惨、壮烈的图画！凡稍有血性，不愿自外于中国国民的青年，都必然会明白这战争的意义如何严重，如何与过去内战不同，如何需要把自己力量加到上面去，方能抵抗强敌，免于战败后作亡国奴！大学生知识比一般国民都懂得多，对于这次战争的意义也应当认识得更深刻。近代战争重要在“技术运用”，新兵器和新战术，两点都离不了人”，必需人在一单位上能尽职，在一群中又能协作，方望产生良好效果。使人人能在极有条理秩序情形中尽职分，唯一的方法就是训练，一种极端严格的训练。大学生在平时固然是个“特殊阶级”，在战时却只是一个“国民”。军训的目的，即或不是这时要大学生参加战争，至少也是希望国民在这种教育上，明白战争是怎么回事，有所准备，到需要时，还得照学生所习熟的一句话“迎上前去”卫国守土。

本期集训之初，即发生“训练不合法，待遇太差”的纠纷，所谓不合法，是大学生不宜再受入伍士兵教育，所谓待遇太差，不过是住得稍坏吃得稍坏罢了。青年朋友以为入伍训练便近于受侮辱，待遇差更近于受虐待，纠纷的起因如此，理由如此。到后负责者方法变更，纪律一马虎，青年朋友装病告假人数之多，用说谎取得自由，以及滥用自由，得自由时俨然一个流浪汉的所作所为，说来就不免令人痛心。天真烂漫固然是难得的可爱处，但许多人若到了年龄就应当思索个人与国家，生存方法与生存意义时节，还俨然天真烂漫，无所事事，不知自爱，不知自重，不以说谎为羞，不以懒惰为耻，不以糊糊涂涂拖拖混混为可怕，把读书也当成家庭和学校[illegible]定的义务，不认为是自己的权利，这种人的生存，实在可[illegible]不肯受初级训练还可说是反抗心和自尊心的表现，到无[illegible]烦时，自己还是不会振作自己，这就难言了。在集训期[illegible]正义路上随时都可以遇着一些神气萎萎琐琐，走路懒懒散散，或者有时且同一只松鼠一样，一面走路一面从容不迫咀嚼瓜子松仁的学生。一见到这种青年朋友迎面走来，总给人留下一个痛苦印象。再到什么宿舍去走走，卧房中的杂乱无章，以及三三五五同学兴趣集中所在，吵吵闹闹，和必需知识，相去多远。令人感到时间之浪费，如何骇人！大学生对于将来的建国责任特别重大，这就是我们理想中的学生吗？这是受军训的学生吗？这些人究竟是为什么活到地面上？不特他人难于理解，他自己也像不大明白。

这些事看来很小，其实却异常重大。因为从种种现象中，我们可以明白一个极其重要的问题，就是一部分大学生，活下来实在不知为什么活。对生存竟像是毫无目的可言。行为是呆呆的，脑子是木木的。既少严肃，也不活泼。任何好书都不能扩大他的想象，淘深他的感情。任何严重事实也不能刺激他的神经，兴奋他的正义感。归究说来，这些人活下来传世诀，竟仅有一个混字，考学校时混及格，入学校后混毕业，出了学校到社会上讨生活，还是混。自发进取心毫无，对国家改造的雄心与大愿更极端缺乏。唯一见出他还像一个活人，还在活还想活，不是求生技巧的进步，倒只是环境有点混不下去时，如何觳觫惶恐怕死逃生！然而这种怕死的情形，却正反映出这种人如何愚蠢与无知！我们都知道关心前线的阵地转移，可疏忽了后方的萎靡堕落。这不成！如果军训入伍教育受得好，或另外能从书本上稍稍输入一点作人教育，就不至于有当前这个现象了。

不过话说回来，这种可悲现象虽存在，也可说是“少数人”的事，是“过去”的事。另外多数大学生过去埋头苦干的精神，以及希望将来把知识和能力献给国家的精神，仍然是到处可见。如本市昆华师范学校被炸时，许多学生和某某教授对于救助伤者的种种勇敢精神和行为，实在使人敬佩。如今战事还在继续延长扩大，国家遭遇的困难越来越多，个人所处的环境也越来越紧张，前方和后方对战争意义虽不同，态度却需要相同，最低限度是不气馁，各尽其责来坚忍支持，死亡不幸分派到头上时，沉默死去，死亡还不近身时，有一口气，就得打起精神好好的来作一个活人！联大学生大多数是由陷落过的平津京沪各地来的优秀分子，几个地方的学生，平时以领导全国青年运动著闻，活动是常态，消沉反是变态。这时节青年朋友可做的事情正多，即或不能向社会有何主张，至少在同学中造成一种崭新风气。纵不能上前方向敌人作战，还可在学校中向“懦怯”、“颓废”、“萎靡不振”以及种种充满于一部分学生心目中的不良态度消极观念而战。青年朋友不是都觉得入伍训练早已完成，训练的反复近于侮辱？入营后住的坏吃的坏是受虐待？我们若能够把受过入伍训练以后，还缺少军人勇敢沉毅的风度，视为更大侮辱，把住的好，吃的饱，活下来无所为无所谓视为更难忍受的虐待，若人人都能律己自重，都具有“天下为己任”的仁爱雄强作人精神，都肯改造自己，在某种生活态度上简朴单纯，爱秩序，守纪律，完全如一个大兵，明日的一切情形会与现状不同许多。我盼望有这种青年朋友，且相信有这种青年朋友，从本身起始来努力，作一个人，作一个中国当前所需要的国民。先在生活态度上，建立一个标准，一种模范，由此出发，再说爱国，救国，建国。

“五四”二十一年

五四运动是中国知识分子领导的“思想解放”与“社会改造”运动。当时要求的方面多，就中对教育最有关系一项，是“工具”的运用，即文学革命。把明白易懂的语体文来代替旧有的文体，广泛应用到各方面去，二十年来的发展，不特影响了年青人的生活观念，且成为社会变迁的主要动力。民十六的北伐成功，民二十以后的统一建设，民二十六的对日抗战，使这个民族从散漫萎靡情形中，产生自力更生的幻想和信心。且因这点幻想和信心，粘合了这个民族各方面向上的力量，成为一个观念，“不怕如何牺牲，还是要向建国目标前进！”三年来从被日人优势兵力逼迫离开了沿海各省分，还依然不解体，不屈服，能集合全中国优秀分子，在一个组织，一种目的下，一面抗战，一面建国。这种民族精神的建立与发扬，分析说来，就无不得力于工具的能得其用。

对语体文的价值与意义，作过伟大预言的，是胡适之先生。二十年前他就很大胆的说：“语体文在社会新陈代谢工作上，将有巨大的作用。二十世纪的中国文学史，语体文必占重要的努力。”这种意见于二十年前说出，当时人都以为痴人说梦，到如今，却早已成为事实了。但二十年前胡适之先生能够自由大胆表示他的意见，实得力于主持北京大学的蔡孑民老先生，在学校中标榜“学术自由”。因学术自由，语体文方能抬头，使中国文学从因袭、陈腐、虚饰、俗套、模仿中，得到面目一新的机会，酝酿培养思想解放社会改造的种子。

蔡老先生不特明白学校中学术自由的重要，且对语体文也有过良好意见。他以为古文自有它的伟大过去，至于流行末世半通不通的死文字，实在是社会“愚昧与顽固”“虚伪与陈腐”的混合物。社会的进步不可免要受这种有腔调无生命的死文字掣肘，有时且引起社会退化现象。正因为它不仅徒存形式，还包含许多保守堕落观念。国家求发展，想改革，这些观念便常常成为障碍物，绊脚石。

可是文学革命运动，从建设方面看，固然影响大，成就多，从破坏方面看，也不可免有许多痛心现象。新工具既能广泛普遍的运用，由于“滥用”与“误用”结果，便引出许多问题。从大处言，譬如北伐成功后国内因思想分歧引起的内战，壮丁大规模的死亡，优秀青年大规模的死亡，以及国富国力无可计量破坏耗损，就无一不与工具滥用、误用有关。从小处言，“学术”或“文化”两个名辞，近十年来，在唯利是图的商贾和似通非通的文化人手中，常弄得非驴非马，由于误解曲解，分布了万千印刷物到各方面去，这些东西的流行，即说明真正的学术文化的发展，已受了何等不良影响。所以纪念五四，最有意义的事，无过于从“工具”的检视入手。借当前事作镜子，如何计划来“庄严慎重”使用这个工具，是一件事。从这种庄严慎重与作家人生态度有关，我们在文运上如何为作家来建设一个较新的坚实健康人生观，又是一件事。

世人常说“五四精神”，五四精神的特点是“天真”和“勇敢”。我们若能保留了这分天真和勇敢精神，再加上这二十年来社会变动文运得失所获的经验，记着“学术自由”的意义，凡执笔有所写作的朋友，写作的动力，都能从市侩的商品与政客的政策推挽中脱出，各抱宏愿和坚信，由人类求生的庄严景象出发，来表示这个民族对于明日光明的向往，以及在向上途径中必然遭遇的挫折，承认目前牺牲俨若命定。相信未来存亡必然将由意志决定，再来个二十年努力，决不是无意义无结果的徒劳。二十年时间在个人生命史上，虽然好像已经很长很久了，在一个民族复兴历史上，却并不算久。我们应当用“未来”来纪念这个“过去”。

二十九年四月末于昆明

读英雄崇拜

本刊第四期有一篇文章，题名《论英雄崇拜》，陈铨先生写的。本意给国人打气，对“英雄”有所赞美，用意自然很好。对于“英雄”含义文章中虽曾说过是各式各样的领袖，惟内容所指的还是代表武力与武器的使用者，对面自然就是代表读书人的“士大夫”，于是很感慨的说，中国读书人太不崇拜英雄。既提起读书人，要找出一个原因，所以又说，这是由于“五四”的结果！为什么？为的是“五四”提倡“民治主义”与“科学精神”，养成了士大夫的坏脾气，腐化而且堕落。近代教育教坏了这些读书人，反不如过去受了点通俗小说教育的武装同志表现得动人。我们要崇拜英雄，不然就是个卑鄙小人。有对这种崇拜加以嘲笑的，也是卑鄙之徒。英雄究竟是怎么回事？康德说，英雄有壮美感，使人生神秘敬惧之忱，无条件拜倒；他要你死，你必乐于死去无疑。……断章取义不是本文写作目的，不过那篇文章给个人读后印象，却不免如此。陈先生解释英雄崇拜时是援引康德、尼采意见，论及中国缺少英雄崇拜时是提及近二十年事，死文字与活事实相互映照，想使它不发生抵触，至少在修辞上还值得细心一些。不然，给人印象或不免失去了执笔本来意思。个人是个不大“崇拜英雄”的人，但想想也还不像“卑鄙小人”，有些与陈先生不同意见，特写出来作为对这问题有兴趣的读者参考。

中国旧书中论及英雄时，刘劭《人物志》说的大有意思。他说能控制一切而持其柄，统率文武，使用材器各得其宜，可以谓之“英雄”。这种英雄观很显明，到如今还适用，真英雄换言之就是“真的领袖”，并不是“万能法师”。我们生于二十世纪，对待这么一个英雄，自然也只是大事信托，由信托而生敬重，不必迷信崇拜，尊之若神。正因为明白英雄只是一个“人”，与我们相差处并非“头脑万能”，不过“有权据势”。维持他的权柄，发展他的伟大，并不靠群众单纯的崇拜，靠的倒是中层分子各方面的热诚合作！二十世纪两个近代化的国家领袖，罗斯福和斯太林，所谓作领袖的意义，便是如此。个人权力尽管其大无比，事实上各事有人负责，个人不过居于提纲挈领的地位，总其大成而已。读书人对于他崇拜不崇拜，是无所谓的。

提及英雄崇拜时，陈先生引用百十年前叔本华、尼采一类人对于这个名辞所作的抒情说明，与时代实不大相合。这些人的英雄观多属“超人”，配上拿破仑的性格风度倒刚好合式。这种英雄于战争中必骑一匹高大雄骏的白马，在山头大纛下据鞍顾盼，群众则野战格斗，破阵陷敌，有进无退。可惜时代已过去了。慕索里尼和希特拉两位要人，在群众大会拍摄新闻电影片时，虽尚倾心这种古典英雄风度，装作雄鸡姿式，已不免令人发笑。若在法比战场上最前线，我敢同任何人赌东道，这两位伟人就决不会比一个二等兵乐意把头多昂起一英寸！这就叫作时代不合，伟大意义也不会相同。英雄崇拜若近于群众宗教情绪与浪漫情绪之归纳集中，近代使用的方式是分散到社会各方面去，已经成为一种习惯。玩球的，跑车的，爬山的，游水的，无不可以引起这种集中的作用。英国封一个戏子作爵士，瑞典给一个电影女演员大勋章，这是国家有意从娱乐群众分子中产生英雄的一例。罗斯福为了表示伟大，有时会为足球比赛发发球，斯太林为了表示伟大，大排场款待从北极探险回来的水手，这又是现代伟大意义不同的另一例子。末后二事值得注意处，便是真的领袖都有意将英雄崇拜情绪转移到娱乐或致用分子方面去，个

人却承受了“民治主义”一个对于“人”的原则，“领袖也是一个人，并不是神”。他要人相近，不要人离远。要群众信托爱敬，不要迷信崇拜。

这其实从国内近事也可看出。陈先生很感慨的说“中国读书人太不崇拜英雄”，倒恰恰与够得上他所称为英雄的蒋先生及李白胡陈诸将军，感于切迫需要知识阶级合作帮忙成一对照。陈先生以为抗战建国主要条件是“英雄崇拜”，这些受崇拜者经验多一些，却明白事情并不那么简单。他们已从各种团体左献一面锦旗右拍一通电报清楚崇拜的意义和限制，这是不成的！谈抗战，一个战线上若用十师兵力作战，攻守进退需要的全是知识，并不单凭个人勇敢热忱与不相干的多数崇拜所能济事！上层机构要一个健全的参谋组织供给意见，下级单位要一个完备的交通组织接济弹械和给养，整个胜败都决定于知识在空间时间上运用是否得法。就为了勇敢有余知识不足，才用外国军事顾问，求助于客卿！至于谈建国，那更非知识不可。说到建国我们会联想到中山先生本人和他的建国大纲。他本人的一生行为，就是要人“相信”，不是要人“迷信”的。这个大著的草成，就有许多意见实抑衷于老同志与许多书本而来。他就是个“人”，不是神秘不可思议的“神”。

个人以为时代到了二十世纪，神的解体是一件自然不过的事情。他虽解体却并不妨碍建国。如有人从一个政治哲学新观点，感觉东方的中国，宗教情绪的散漫十分可惜，神的再造有其必要，这问题大，决不是单纯的英雄崇拜即可见功。在政治设计上想归纳或消解群众宗教情绪与传奇幻想，神的重造方式正好从近三十年世界取法，这种“致用”之神不妨用分散与泛神方法，从群众中造偶像，将各种思想观念手足劳动上有特殊成就的，都赋予一种由尊敬产的神性，不必集中到一个“伟人”身上。若真的以一个人具神性为中心，使群众由惊觉神秘而拜倒，尤其是使士大夫也如陈先生所描写的无条件拜倒，这国家还想现代化，能现代化？稍有常识的人看来，就知道是不可能也不必需的！

陈先生提起英雄崇拜时，又举示当前兵士作战为例，以为全得力于老式通俗文学小说戏剧的英雄崇拜的好处。且赘语说亏的是这些人不受普通教育。这种意见由赛珍珠说来，并不可笑，因为她是个外国人，不明白中国事情。若由现代中国人说来，似乎不大近情合理。因为这完全是两件事，勉强敷会，不啻说明陈先生既不明白旧小说是什么，也不知道现代战争是什么。若说旧小说的影响，张宗昌、韩复榘倒是两个典型英雄崇拜者。其次是近三十年来所有土匪都用“逼上梁山”一辞作借口，合伙吃血酒时且照例引用“桃园结义”典故。崇拜之中就无不有个“个人本位”意识，与文中所举康德称艺术中的壮美崇拜全不相干。更不曾培养陈先生所理想的由惊觉神秘而来的崇拜情绪。宗教的虔诚由坚信而发宏严，牺牲一切以赴之，在中国唐代的大德高僧玄奘行传，倒有点相仿佛，但这就只有读书人能领略！若一改成说部的场面，群众就只关心到他进蒸笼被妖精蒸吃时，是否能够得救谐谑惶恐了。通俗小说虽有些民族英雄故事，若把当前兵士抗战，认为由这些小说熏陶而来，与事实相去实在太远。

陈先生又说，英雄崇拜在读书人方面表现不好，实由于“五四”以来提倡“民治主义”同“科学精神”，个人主义抬头，士大夫因之更腐化，社会因之更极端紊乱，所以再不会崇拜英雄。在战争中提倡英雄崇拜自然很有意义，不过若涉及知识阶级，且认为他们腐化堕落时，似乎还要分析分析不宜过于笼统。英雄崇拜情绪，在知识阶级中不发扬原因，前面已经说及，加上社会进步分工分业的结果，英雄名分与事实已不能由“骑士”独占，即在战争中依然被各种职业出类拔萃分子分享，是一件明白不过的事情。陈先生却简简单单以为是“五四”的提倡“民治主义”与“科学精神”结果，这倒是很新的意见。意见虽然新，却很容易像清末民初遗老的口吻。怎么会这样想而且把他写出来？这时虽是战时，要颂扬武人的武德武功方法也很多，实不必如此曲解过去！中国为了适应环境，在这个大战时代，或者会抛弃民主政治形式，变成一个集权的组织，这组织无所谓左无所谓右是可能的，但这与二十年前的读书人作的社会改造运动是无冲突的。二十年前的改造运动，从最小处言，很明显即因工具运动（文体改革）成功，通俗小说中的旧的如《封神演义》，新的如《玉梨魂》等书，方起新陈代谢作用，代替而来产生冰心、茅盾、丁玲，或陈铨的作品。“团结”“统一”“抗战”“建国”这类名辞，由抽象而具体，与工具的能尽其用也大有关系。陈先生说“五四的流弊是更进一步使中国士大夫阶级堕落腐败”，何所见而云然？这士大夫若指晚清遗老，民初议会诸公，人老了，老而不死，体力复竭，手边又还有几个钱，在家纳福，只等待庄子所谓“息我以死”，事极自然。这些人实与“五四”毫不相干。若指因“五四”而起的人物，这些人大多数是当前社会负责者，一部分以书家身分从政，作公务员，一部分或办教育，或作学术研究，工作都相当忙，收入又相当少，守职尽分，近十年来中国见出一点进步成绩，都可说是这种中层分子的贡献。这些人受事实环境限制，能守职不能创业，事或有之，至于腐化堕落，实说不上，因这种人即欲腐化堕落，好吃懒做，亦不可能也。这种人一部分在学校教书，与社会略隔一层，或在大时代中尚只天真烂漫梦想中国政体忽然凭空变成英美方式，虽尽做白日梦，却又不能如何努力来实现梦想。但这与另外一种貌作有思想有眼光的活动分子，在另外一个观点上做白日梦，以为我们中国还必需流血革命，成为社会主义国家即有办法，其天真邻于胡涂，岂不是半斤八两？

陈先生又说“五四造成了士大夫无人格，无信仰，虚伪矫饰阿谀逢迎的风气”，且以为“贪婪爱钱是共通风气”，说的也有点近于笼统含混。若指办教育的，与事实不大以相合。若指“文臣”意即官吏公务员，这一点也得弄个清楚，人格信仰范围指什么而言？至于官场中逢迎阿谀，实是一件老故事，与“帝制”不可分，也可说与历史不可分，古语“远佞人”正可作到，由“五四”起始倒是新闻，若必把阿谀逢迎归为新的风气，仔细分析，就可知造成这个现象，另外有一个原因。十年来的党政新贵，年在三十五岁上下的，多系北伐时代学生，当时高等教育不良好，一面且忙于革命，学术思想便缺少“五四”提倡的民治主义和科学精神训练，北伐成功后，政体有了新陈代谢，这些各以因缘上了台，不久国共分裂，两方清来杀去。江西多了一个政府，打了近八年的仗。即在中央系统下随即又有桂系分张湖北之役，阎冯扩大会议陇海线之役，福建人民政府事件，两广事件，无一事不与“党”争“政”争有关。既与党政有关，时局变化波澜大，许多人自然把“信仰”看成一个空洞名辞。中央欲集权，从党着手，在党中先废除民主精神，乃由上而下以圈定指派方式产生干部。党政中的中层分子，一因学问少，二因时忌多，于是将信仰对象由“真理”变成“政策”，政局既朝云暮雨，末流这些人当然即不可免各竞技巧表现长处，作人无风格，作事少思想。就中虽不乏洁身自爱者，然欲安于其住，自必唯诺取容。但事情明明白白，这问题系与“党政”有关，与“五四”的“民治主义”和“科学精神”却不相干！至说文臣爱钱，对这种人也还说不上，因办党是发不了财的。这种人除了有机会加入财政税收机关，即爱钱亦不会有多少贪婪机会！若与同等的武将比较，恐怕还是将军们发财的居多！（陈先生是四川人，应当知道四川的房产田地，金融实业，几几乎全是大小军官的产业！）此外四十岁以上文臣因专家资格处理有关财政税收事务，虽可发财，还是十分廉洁不失书生本色的，正不乏人。若说“五四”提倡民治主义与科学精神，这些人倒正可代表承受两种观念产生的人物！至若近十年小官僚因缘时会，位据要津，或直接舞弊，或间接营私，发百万财，称大富翁，正恰好看出国家只图统治，统治方式只注重集权，因此老式亲亲主义与人情主义抬了头，一种必然现象。救济他靠的还需要社会制度化与专家化，民治主义与科学精神。

大凡谈论问题，能补引“过去”，疏证“当前”，预言“未来”，当然很有意义。不过批判历史，最好要明白历史；攻击科学精神，先还需要具有一点科学精神！我们现在若肯从大处着眼，公公平平来看看这个国家近二十年的发展，以及在变动中的得失，自会承认有形的社会组织与无形的公民观念，都无不在逐渐进步中。这进步实得力于统一，主要表现是国家统一意识的增强，因统一实现国家日趋于合理。这种进步现象非一人头脑万能，实与中级应用人材质与量提高增多有关，也就与高等教育有关。高等教育能有点成绩，实又得力于若干著名大学在教育范围内的民治主义与科学精神运用。仁者见仁，智者见智，各有不同，这许是个人一种乐观看法。但这种看法也还可从近事得到一点证明。举例言，“七七”战事发生后，在沪杭两路战区铁路服务人员，作站长的或管工程的，认真负责处，是中外一致赞颂的。又如目下各战区业已沦落县分，一经收复，县政工作人员照例即随军事推进而进行各种工作，服务热忱也是为人称道的。这些人差不多就全是受过大学教育的青年，即如就税收言，湘鄂省区地方统税，由一个远在湘西某机关指导征收，沦陷区上居然能进行，征收人员且很少有携款潜逃故事发生。问及负责人改善情形，方知道大部工作人员是税专及其他大学毕业生，仿邮政盐务用考试制度选擢而来。说到英雄崇拜，这些小一辈的士大夫，恐都不免成为陈先生笔下所谓“卑鄙”之徒。因为这种可爱青年，就决不会单凭英雄崇拜能如此忠诚为国的。其服务精神还只是由于作国民的自尊心而来。正因为每个人所受的训练，刺激，都觉悟了自己是国家一个单位，要生存权制，也就有遵守社会规约的义务。若说国家得重造，士大夫得改造，这些光明进步方面，似乎值得注意注意！明白当前较多，新英雄主义的提倡者，下笔时就知道不仅要慷慨激昂，最重要还是近情合理了。

欧战发展到最近，英法因战争技术比较落后，两个国家标榜的“民主思想”或“自由主义”于是成为一个嘲弄名词。中国处当前情形中，一面得应战，一面得建国，一面得在风云万变国际混乱情形中，选择两个可靠的朋友，适应当前与未来。“国家集权”因此旧事重提。对国家有一个较新的看法，大家分途并进，来把全民族人力物力粘附集中到国家进步理想上去，自是新战国时代应有的打算。可是我们明白，英法倒霉是一件事，“五四”民治主义与科学精神提倡又是一件事，中国要建国，“国家集权”与“集权国家”又是一件事；三件事各不相附，若以彼证此，敷会其词，是不会有较好结论的！若从中国人就中国立场说来，据个人意见，恰恰与陈先生意见相反。国家要集权，真正的“民治主义”与“科学精神”还值得来好好的重新提倡，正因为要“未来”必与“过去”一样，对中国进步实有重要的意义！对外言，“战争人人有分”这句话，想要发生真正普遍作用，是要从民治主义方式教育上方有成效可言的。对内言，在政治上则可以抵抗无知识的坐断主义，以及与迷信不可分的英雄主义。更重要的是抵抗封建化以性关系为中心的外戚人情主义。在教育上则可以抵抗宗教功利化，思想凝固化，以及装幌子化。在文学艺术运动上则可以抵抗不聪明的统治与限制，在一般文化事业上则可望专家分工，不至为少数妄人引入歧途。至若科学精神的应用，尤不可少。国家要现代化，就无一事不需要条理明确实事求是的科学精神！

若说中国当这个新战国时代，既不甘沦亡，必需挣扎，挣扎方式且必需取法德俄，我们也得弄明白，这些国家最高指导统制权力虽大，其所以控制国家的人力物力，而且运用得恰到好处，并不是人人崇拜英雄可以成事。组织和效率，主要的其实还是科学精神！因科学精神而分工分业，方能有组织，见效率！德国人表示崇拜希特拉，不过是每家被强迫挂一面相片而已，希特拉事实上也许更敬重他的一切专家和那群高等军事幕僚！民治主义值得好好的重新提倡，从中国目前宪政运动上可作另外一种证明。这个运动不发生于民间，却由一党专政的国民党领袖同时也是国家领袖来发动。发动这个运动原因，自然相当复杂，但有一点可以看出，即是集纳中国军事政治大权于一身的先生，用近十五年各种人生教育，享受了最多国民的英雄崇拜经验后，已感觉到这么下去不大妥。人到五十岁了，生命中的杂念一经澄滤，真正明白个人之外还有个国家，个人会死去，国家不能亡！想使国家转好，主要条件是把国内更多数优秀分子，用一个比“党”更合理的方式粘合起来，材尽其用。照老方法就不会材尽其用。所以先是政治上独断独行，渐渐的为专家分工，这可从近十年政治看出消息。即便如此，依然事事受形式上掣肘，内有党见的分张，外有专家的不合作，国事运用不够灵活。抗战以后，弱点尤易看出。多数国民虽信赖拥护，少数党员反从敌寇投降。因此要宪政，要民治，就是觉悟只有如此处理国事方能便于专家分工合作具体化，明朗化。即对于国民党言，也可以因此受点刺激，起点新陈代谢作用，方有新的力量新的生命。把国人带点原始迷信的“权力崇拜”转成为理性抬头的“知识尊重”，正是任何国家安定与进步必由之路，若照陈先生所说，目前的宪政运动，倒是近于最落伍的思想了。再若照陈先生意见，“知识阶级关心的平民教育一发达，国家更不崇拜英雄，更是一盘散沙”，那一切初级教育都近于多事，有害无益，大家只读读老式通俗小说，一面对英雄崇拜便很好了。可是话说回来，真正关心这个国家命运的人，会觉得抗战建国事并不那么简单的。

因为世界在战争中，在变动中，新的历史场面上领导者，容易给人一个“英雄”印象。于是一部分人谈及抗战时，谈及国家问题时，由于情感有余便不免要用英雄气分来解释现象，这种无意识或非意识就联想方便，自会牵涉附会到通俗小说方面去，照例且不免把近年来人民对于国家观念之觉醒估计得太低，对“读书人”感到不满。陈先生文章，在这一点上正可代表一部分人的意见。读书人情形，陈先生自己是其中之一，当然明白“英雄崇拜”是不是能作到使他死他就死的地步。且明白“士大夫”含义，以及其他。有些话不能自圆其说，还不碍事，至于对群众教育，以及从“教育”上得到教训，未免太隔膜了。事实上近三年来国内两百万壮丁的征调，应用如何手续，有若干省分，如何由万千青年学生下乡作民训社训，其次又如何用挑选方法选出送到各地师团管区编训，编训期满，再如何转移到各个应当补充部队去训练，送到前线时，至少都得经过一年以上的“教育”，在教育中与火线上，照例都需要把不必要的懦怯与不必要的英雄思想去尽，只变成集团中一个小小分子，方能作战，就会觉得“教育”二字具有何等意义，对于目前战争又影响多大，不至于说外行话称赞他们不受教育了。三年来的抗战，前方百万壮士的流血，后方数百万妇孺老弱在风雨饥寒中完成的几条国防交通线，支持这个民族作战气概和胜利信心的，决不是英雄崇拜，实完全靠个人做“人”的自尊心的觉醒。这觉醒工作，便整个寄托在各种有形无形广泛教育原则上！

陈先生文章本意很好，惟似有所蔽，词不达意处，实容易被妄人引为张本，增加胡涂。官僚文化人中还不少妄人，妄人活下多以为在国家变动中可作政治投机，且习于用英雄崇拜方式固宠取信。这种人正附于中国官僚外戚政治中作种种活动。所以中国谈改造运动，实离不了制度化和专家化，正因为如此一来这种人方无所售其技。制度化和专家化及新战国时代新公民道德的培养，除依靠一种真正民主政治的逐渐实行，与科学精神的发扬光大，此外更无较简便方式可采。在这种事实下来谈英雄崇拜，如像陈先生那么谈，有点近于“抒情”，不是“说理”了。不知多数读者以为如何。

谈家庭

时代也许不同了一点，三十岁左右有教养的绅士，好像都知道“礼貌”代替“热情”，来处理近身事情。尤以与一个女人办交涉时，礼貌多而热情少，大家既“客气”得多，也似乎都“安全”得多。这种对女人的态度，自然可说是社会一种进步。不过因此一来，在某种情形下，也可能产生许多问题。问题之一说来一定为男人不相信，女人不承认，既多多少少增加了一点“妇女问题”的复杂性。

谈及妇女问题时，大家当然都明白问题的出发点是由于男女在生活方面的不平等，为争求平等，所以发生问题。象征平等是女子得到男子所能得到的一切，知识、权力和社会地位。争解放成为一个动人的名词：因为必解放方得到一切。要求大，纠纷多，当然不容易解决。谁也不会把这件事从一个较新观点来解释解释，认为一部分人争解放只是想要一个家而得不到，或有了个家又太不像家，因此有问题。解决它并不十分困难，还是从“家”着手！

女子不承认这件事是很显然的，正因为提起这个问题加以分析讨论时，她们之中大多数就并不明白自己本性上的真正需要是什么。除非她有了个很好的家以后，在习惯下她照例不会承认和一个男子同组成的家有何意义，有何必要。男子不相信事更显明，因为不相信，所以一讨论到妇女问题时，总以为是女子要违反生物的习惯，社会的习惯，在不可能情形中，一切希望同男子一样。胆小而胡涂的且相信不久天下所有女子当真会同男子一样。这“凡事一样”，对向上言自然还好，若学男子堕落，岂不糟糕。学男子聪明能干，自然还好，若学男子胡涂，岂不可怕？许多男子或由于关心她们的未来，或由于担心自己的未来，所以一谈及这问题时，照例就不大公平，有点偏见和成见。不是用顽固家长神气骂女子，要她们回家，就是用胡涂丈夫神气说女子，要她们回家。（最少是用懂事朋友口吻，劝她们好好的去布置一个家。）父亲不明白女儿离开原有家庭出走是为什么，（说不定正是为需要个年纪青性情投的男子另外成一种家。）丈夫不知道妻子要独立是为什么，（说不定正是目下的家不像个家！）所以问题永远不接头。既疏忽了事实，自然尽在名词上争持，她说“应该”，他说“不许”；她说“偏要”，他说“胡闹”。俨然相互吵架，吵到末了，只是增加男女对立现象，毫无是非可言。

这“不承认”和“不相信”，在女子由于意识蒙睐不自觉，在男子则由于胡涂不更事，使妇女问题转趋复杂，直到国家特意来设一妇女部处理它。妇女部注意的方面，从表面说当然都是很重要的事情。不过妇女部中将来若在某一厅某一处有个小小位置，让几个通人性有知识的专家，来从男女性心理方面入手，假定男女实需要“合作”，不必“对立”，试作一种研究，所得结果也许可望比整个妇女部所作的活动还有意义，有价值。

有一件事很有意思，是朋友某夫妇，战事前在北平共同的家庭，被熟人称模范家庭。先是两人各在南北不同大学里念书，一个是抽象妇女解放论者，二十岁左右时，就主张“独身主义”，且写了许多妇女问题文章。一个是抽象反对妇女解放论者，二十四岁时，就以诅骂女子中的伪自由主义为事，以为女子必需在家中，在厨房，不适宜到社会上参加任何工作。两人笔下都很好，因此就为妇女问题在报纸杂志上大作其文章。照习惯名为“妇女问题讨论”，事实上只是吵架而已。吵了一阵，到两人的文章都可以集印成厚厚的一本书时，还是毫无结果。三年以后，各人都从学校毕了业，到了北平，有个好事朋友恰好同双方认识，也在北平，因此介绍他们见了面。见面认识之初，比较客气，自然还是要讨论，有争持，立场不同，观点不同，不免参商。印象上女的以为男的看不起女人，非常难受，心怀不平。男的呢，却认为当前一个同许多受点大学教育女子差不多，知识有限，幻想极多，好虚荣而十分浅薄。总而言之，就是互相都缺少尊敬。可是时间久了点，认识多了点，情形稍稍不同了一点。另外那个好事朋友，平时只写点小说，调动纸上人物，人情有他的必然性，以为这人如此那人即必然如彼，忽然对两人“吵架”发生了兴趣，不知是偶然还是有意，某一次却告给那女子，说男的觉得她长得很美丽，风度温雅，在熟人中实在少见。过不久，那朋友就怂恿男的请女的吃茶，事后又转达女的所得印象于男的，说对于他的美术爱好和文学知识丰富，是件新的发现。不消说，这全是在“妇女问题讨论”范围以外的事！话虽平平常常，当面说来近于应酬客气，一经转述，情形可就不同得多了。再过一阵，两人见面时有一阵子沉默了。（这沉默的意义两人似乎不大明白，惟有第三者清清楚楚。）再过不久，两人又重新争吵起来，但所争吵的事已由大而小，由抽象而具体，转为女人衣服颜色的配置与男子客厅家具布置，原来他们快要订婚了。虽争吵，女的再不觉得被轻视，男的也再不觉得对方浅薄好虚荣，这一切都好像成为“过去”了。结婚后两人很要好，日子过得十分美满。因为机会方便，男的在某研究机关作事，女的在某银行作事。到那时节女的再不写文章反对家庭，男的也再不怀疑女子服务能力，中国的妇女问题，至少在这一对伴侣方面，便不用反复讨论，似乎不成问题了。一年多后他们有了个小孩，女的竟自动放弃了银行工作，在家中作了一个真正的贤妻良母。当女的决意放弃银行工作时，那男的反而觉得可惜，试想想，这变更有多大！我为什么说起这个故事？就因为我便是当时调解了这无结果的争吵的好事者。我觉得很快乐，为的是如果我在这件事上若弄笔头抄书本来写一本十万字的新书，结果不过是多那么一本书籍，供同调者援引，异己者批判，增加问题的纷乱。我放下了笔，倒很简单在两人生活上完成一件工作，说明这问题解决的另外一种方式。

一件事当然不足以概全体，但这个例子倒很可在当前一部分读书人方面应用。把一切抽象理论引导到事实上来，“讨论”或“运动”，不宜与事实相去太远，方可望得到解决。我以为一个家如果还像个家，凡是身心健康的女子，不会觉得可怕的。一件事如果还像一件事，凡是头脑清楚的男子，也不会觉得反对的。问题之起居多恐怕是受了点现代高等教育的男女，对于一个“家”的抽象知识与具体知识，都不大充分，所以他们结果只好作作文章，再照文章来把问题扩大，纠纷增多，解决不知从何着手。

我的意思是家庭如果近于一只鸟儿的一个窠，重要用处是伏卵育雏，而伏卵育雏既如自然派定一分庄严重要工作，义务中必然即包含快乐幸福的源泉。一个家如果像个窠，软和温暖之外，还相当清洁美丽，在关系上又不大复杂，（鸟类在这方面远比人聪明，多是小家庭制度！）为女性乐意，实在是件自然不过的事情。说女子对它感到厌恶，不近人情，同时还违反生理基础。其中自然也有少数特别的，即一部分男性丨足的女子，在生理上有点变态，在行为上只图摹仿男子，当然不需要家。其次是身心不大健康，体貌上又有缺点的女子，要家而得不到一个家的，她必然会说家是种无意义的组织。这两种人在社会上是个比较少数，并非多数。这两种人必需到社会上去作各种活动发展，方能填补生命的空虚。这事既对于她们本人有意义，对社会当然也有益无害，为的是如此一来，可以减少许多女子由于婚姻不遂而产生的神经病！我们对这种人实不用勉强找寻理由，逼她们回转家庭，正因为这些人即乐意有个家庭，社会是帮不了忙的。三十年后解决这问题也许可望由医生来处置，从药物或营养方面加以补救，使这些女子的女性正常，身体与情绪同样发育正常，而又可以成一个家。不能单凭空洞理论及一群既少热情又无能力语言无味面目可憎的男子作为候补丈夫，就可将所有女人完全送回家中。

就社会多数而言，男子在这问题上若真以为女子应当从家中发展，对家多发生一点兴趣，多负分责任，似乎需要放下名词上纠缠的习惯，莫尽驾空说理，且努力来安排一个家。这个家若适宜于发展母性本能，又无悖乎作主妇的尊严，问题是简单的。我们不能徒说贤妻良母是男子的理想，应当说男子如何来学作一个模范丈夫，方可望女子乐其家室，达到女子的理想。据我想来，一般男子都还需要更多一点教育，学得对女子多有一分了解，（因为她们自己是永远不能了解自己母性的伟大的！）多有一分体贴，（因为她们最需要的就是体贴！）如此一来，妇女运动者会改变一个方向，从“对立”的形式一变而为“合作”的要求，也未可知。

所以谈起妇女问题时，问题或许在彼而不在此，在两性对于“家”的看法，由义务感与生命稳定安全感而变为享乐感自私成分增多，似进步实退化，从期望说为日益贴近事实，从生活说为日益违反自然。如何变更这个家的观念，应当是关心妇女问题的人一种努力，且应当成为国家设计机关（譬如说民族心理学院）专家一种重要工作。

由“家”而引起个人对于“人”的印象与感想，认为很是一个问题，即无论男女，“热情”的缺乏是种普遍现象。在有教养的绅士中，都以装成炉火纯青不问事不作事四平八稳为理想君子，在年青男女中，则作什么都无精神，不兴奋，即在最切近的男女关系事件上，也毫无热情可言。一面表现少年老成，一面即表现生命力不旺盛。许多人活下来生命都同牛粪差不多，俨然被一种不可抗的命定聚成一堆，燃烧时无热又无光。虽然活下来，意义不过是能延长若干时候而已。因此营养改造和两性手续重新处理，不仅是文学家的事，也应当是科学家的事。科学家可作的事，可能尽的力儿其多。然而我提起这个问题处理方式时，一定将有人当成笑话。因为在政治上或男女关系上，目下似乎都流行一种风气，即用一个宦寺阴柔风格来活动，从阿谀、驯顺、虚伪、见技巧，为时髦人生观。玩政治的一部分小丑清客，尤多此种现象，生命力的融金铄石，与求真进取心，都成禁忌，被限制，有日趋萎缩情形。凡一问题超越习惯的心与眼，从一较新观点注意的意见，在清客式的论客看来，都无一不将成为笑话。

变变作风

古诗说，“人事如代谢，往来成古今”。日月转易是个自然现象，感慨话用不着说，空洞乐观也无多大意义。我们既活在炮火中，总得想法活下去，而且必然愿意明天比今天活得更好。怎么样就会好？应当值得思索思索！

我们这个国家为了求发展，求生存，更为了尊重一个象征人类光明进步的原则——民生主义，独立作战快有三年半了。战争虽一时失利，可不气馁，虽被强敌侵占许多土地，大都名城，小县，小镇，或为人血染赤，或成一片瓦砾，不以为意。最能明白体会到这种战争意义的，恐无过于报人和学生！这两种人一定都能知道，我们其所以应忍受，能牺牲，就为的是这战争背后，还有个庄严伟大的理想！这战争表面上总有一天会结束，事实上我们却将终其一生，必需永远保留这个作战的精神，打胜仗后方能建国，打败仗时方可翻身。

但“战争”这个名词是包含多方面的，前面要人后面也同样要人。目下前面我们有两百万武装健儿，与敌人在广大土地上周旋，在后面，可作的事也就不少。可是我们究竟作了些什么事？我们应当承认，直到如今为止，后方有许多事都近于消极应付，不是积极进行的。即有关国防设计各重要事业，负责人肯作事的固然不少，怕作事，懒作事，不会作事因而误事的，也就到处可见。公务员之不讲效率，对生命无目的，无理想，更是一件显而易见的事。且因生活物价增高，一种可怕的“实际主义”日益流行，腐蚀多数人做人的良心，做人的勇气。既缺少一种高尚感情，当然也就缺少用那个感情去追求一种人类庄严原则的勇气。说抗战，固然有两百万战士在炮火中，说建国，用那么一群人来支持中层阶级，处理国事，从何说起？在这种情形下，个人以为趁这一年起始的今天，很值得检讨一番，看看我们这个社会，还有多少方面工作，值得修正，还有多少潜伏力量，值得好好发掘。国家忧患那么深，国民责任那么重，如我们不能在普遍国民中（尤其是智识阶级中）造成一种坚韧朴实的人生观，恐怕是不能应付将来的！提起这一点，试从近二十年过去国家社会的变迁看看，就会发现一件事情，即文学革命。且会承认一件事情，即文学革命后，用文字作工具，用得其法，对社会改造有多大贡献，对民族自信心和自尊心的恢复增加，又有多大贡献。

这种贡献在过去，是用如下形式产生作用的，即报上有一栏社论，对社会各方面作广泛的善意的批评，以及明智的建议。又有一栏名叫副刊，民八以后梁任公、胡适之等人的学术论著，罗素、杜威的演讲词，以及男女解放社会改造各问题，鲁迅、冰心新文学作品与读者对面，都是由副刊来负责的。它的作用大意义深，是有目共见的。因为报纸每天出，分配又广，所以自然作用大，意义深。且无形中又有一种公众裁判，凡报纸知为国家社会福利设想，即受爱护鼓励，若只图一时取巧，或以不正当目的争取读者，不可免要受鄙弃。因此报纸本身也就得到极大进步。抗战以后国内各处报纸有个共通现象，社论多偏重国际问题，或重在国内战事胜利解释与社会进步赞美，副刊则因纸张贵，篇幅缩小，或将篇幅缩减移作广告用，图增加收入，或率性取消，少支出一笔稿费。其实从报纸理论说，这么一来就等于把报纸特点取消，把报纸对国家社会批评建议态度取消，且同时还把报纸在近二十年来习惯已养成的教育人民权利取消。结果新闻以外就是广告，再加上一点极易成为明日黄花的国际预言。报纸的积极作用既已全失，办报人在这种情形下，好像除了“忙”以外也就毫无意义，看报人面对这种报纸，当然也觉无多大意义。

若把眼光放远大一点，我们就会知道如此下去未免可惜。在后方或特殊地方谈建国，卑之无甚高论，何妨从新闻纸上来变变作风。个人以为社论一部分，值得放在青年问题上来讨论，来处理。这事看来小，实在并不小。正因为一年复一年，人事新陈代谢的结果，目下的青年，在十五年后就要成为社会的中坚，要在国家各部门机构上来负责任，必须要给他们重造一坚韧朴实人生观，方能负责。办副刊，文学理论文学作品也值得有一部分向这方面发展。办报本是费力赔钱的事业，既费力赔钱，力和钱的投资，应当放在这个理想上，是毫无问题的。

目下有一种现象放在我们眼前，即凡是在将来社会中有重大作用的大学生，一部分目下还蔽于过去的习气，粘执于名词上的“前进”“落伍”，到实际政治上一混，都只知作小喽啰争位置，变得油滑而诈伪，另一部分又因此反应，把生命与国家分开，游离起来，变得自私而小气，更有一部分却不知如何是好，日子过得沉闷而诈伪。少生气，志气小，气派小，胆量小是共通情形。一个报纸能注意到这个问题的严重性，想方法来处理，建设一种健康人生观，对于建国应得的光荣，以及意义的重大，实在是极显然的！

谈沉默

近一时期来，书呆子或半书呆子，都必然有个相同的白日梦，梦到自家会从“变”中得到一个转机，明知道情形困难，总以为这依然是解决行将到来的明日更大困难应有的勇气与诚意象征。表示这点愿望或有许多方式。除用笔、用口、用行为外，还有更大多数即用“沉默”来期待。用笔的可以检查受限制，用口的或因疲累得休息，用行为的自更容易处置，或使之软化，无可奈何，或……唯有沉默，在不变中继续生长沉默。

这个多数沉默，从表面上看，也许近于消极。可是很显然，实能酝酿生长一切幻想并作否定行为准备的。它如水，在平衍土地中浸润，在沟渎中涓涓流注，然而流注所及，则粉碎磐石，使山峡刻划成千尺沉沟，它本身则柔濡平静，在风涛激荡中，所掀起的白浪，万斛广舶与坚固堤防到时亦必然失去效用。它受点热，即能融解一切不甚牢固的粘合物并能变成气体，推动机械，使无情钢铁发生有规律的动止。它太冷，将结成冰，正由于体质一变，凝固时，便依然有崩崖绝岸的作用，或冻死地面草木人畜，以及人力所培养的种种，寄托希望的具体物质和抽象观念。总之，它能生长，也能消耗，能否定，能破坏，善体国经邦者，真不能不注意及此！

在变的动力中，我们当前所见到听到的，照旧把“沉默”一群除外，为的是既非党团，又无表示，且决不曾要求这样那样，当事者总是如何安排调整用笔，用口，用行为的一部分主张愿望，而有种种不同计划。然而同样一名词，同样一口号，且很可能即同样一件事情，一个问题，解释它，运用它时，不可免到某一点，即见出龃龉，见出扞隔，见出分歧。既各有所持，各有所恃，于是“以不变应万变”的原则才产生出来对付当前局面。问题暂且搁下，且听下回分解，等待下去，大家自然等待下去，这件事若是某茶社请刘宝全唱大鼓书，观众中少数无理取闹说：“不成，老调子得换。”刘老板以为有损大艺术家尊严时，可以说：“这事由我，不能起哄，我有权力和责任安排节目，不能由少数观众随意点戏！”于是怒而退场停演。这很自然，因为□会习惯。

既是个第一流的艺术家，应有一点对艺术尊严态度，不如此，即不成其为刘宝全。俗语虽说历史就是戏，国家事究竟和艺术不相同，大政治家也可以有大脾气，这属于“人性”，我们承认，政党中尽管有人间或不免采取不正常活动方式，这出于“现代”，我们也得承认，然而多数不声不响，沉默的一群，凡用爱国作口号的任何方面是不能不注意到的情形。他们在各种难于形容困难中挣扎，从事于各种工作，尽一个战时公民责任，眼看到这个国家近三十年的种种，寄托到这个国家内，又不能为普遍观众，无戏可看时，即抽身走路，即能走，向那里走？还不是从学校、从机关、从工厂……走回那个凄凄惨惨的家庭？家中太太，儿女，都已饿倒了，他怎么办？他也可以狠心不管家，但不能不想到国，想到社会。为的是他们工作与国家社会荣枯不可分，要国家，爱社会，实并不下于任何集团政党。他识字，固然容易受宣传工作的影响，但也能就耳目接触为“事实”所吸引，换言之，能认识好坏是非。就中为人自尊心较强，对工作信心较深的，或者换于势拘于习，即在更困难痛苦中，也必然还能守住公民的责任防线，沉默忍受。为人不甚自重，又欲从变通中有以自见的，或尚可望在无可不可情形下，成为罗中一雀，跳跃媚悦于主人笼罩中，对年青人他还见得相当

“前进”，对实力派他又像个“同志”，涉及国事弱强，则他不必分谤，有什么好处，又多少可以分润到一点剩余，如此一来，不仅无害于局面的继续，且可产生一点支持场面作用。然而还有一辈从帮会组织，社交方式，以及其他玩意儿，求得现代政治以空易空的争夺群众与立场的秘诀，因缘时会，乘时崛起的人物，他们叫喊、活动，而且随时又若都可以与极端前进或相当顽固的势力从某一点上相结合。一切现象都见出社会的分解，由分解中更容易失去拘束力或向心力……如目前情形，负责诸方面，若用意只是在对于统治下的公民容忍限度的测验，沉默的一群国人自不足着急，因为的的确确，容忍的尚能容忍，腐败堕落的也在加紧腐败堕落，还不到那个最大限度。不过一个私人债务可以延宕，一个国家的问题，却无从支吾逃避。说句公平话，中国广大土地勤俭人民实无负于国家，而近来其所以有问题，实由于负责者有些方面能力不大充足，而又缺少勇气，国家待处理的问题，得重新好好处理。假若注意点仅仅从“负隅自固”方面引起了烦恼，可以用各种方法自解。假若注意点是社会广泛普遍的沉默，从上级公务员到一个普通兵士，从第一流优秀专家，到一个单纯农民，看到他们在沉默中的忍受与挣扎，以及共同的愿望，多少会引起一点悲悯引起一点爱。会学得如此土地，如此人民，忧患所自来，不能不说是近三十年私与愚所占分量过重。且不能不说，这个习气弱点是得由有些方面坦白承认，才能用一个新的作风来代替的。一个伟大政治家之所以伟大，也即在善用这点悲悯与爱，如何图与民更始。以上虽属于个人私见，恐亦可以作为一个历史家和多数正直公民的意见。

从开发头脑说起

每年逢到中山先生的诞辰，总使我想到这位伟人的识见之远大。他在三十年前即明白中国问题为“穷”和“愚”，社会的腐败与退化，无不由之而生。因此言建国，即针对此两大病根而下手。必去“穷”与“愚”，方能把那个自外而来所形成的“弱”去掉，否则无可望。中山先生不幸于二十二年前即作了古人，使国人失去一思想深刻、眼光远大、性情宽厚的领导者。然而一切国家重造的理想，还保存于他的学说中，待后来者熟读深思，并于文字外理会其用心所在，克服一切困难与挫折，矛盾与两歧，慢慢实现的。

治穷为开发地利，征服自然，好好认识地面所生长，地下所蕴藏，加以运用处理，在分配上复有个制度使之比较平均，或有种政策使之渐趋于平均；国民生活有个转机，整个国家也方有个转机。治愚则为开发头脑，推行个广泛而长久的教育政策，使多数人知识加多和加深，俾人人对于新的时代新的世界，能有个新的态度新的习惯去适应。普通人民既感觉到自己是个主人，同时也就是个公民，对国家关系权利义务分明，因之知自爱也能爱国。政治家既有政治家丰富广博的知识，且有兼容并包的气度，知道珍重国力，不作无意义浪费，而又尊重制度，能用战争以外方式调整一切社会的矛盾取得平衡。换言之，也可说他得“艺术”，他“懂”艺术！——像这么一个国家，一群人民，把这个国家传统长处好好保持，或想法发扬光大，弱点则努力去掉，如治毒瘤恶疮，国家还会不进步？

然而穷和愚至今似乎尚成为绊住中国进步的两个活结。这活结且若出于一条绳索，彼此牵缠。不论在上，在下，在朝，在野，不论“中国的主人”或“公仆”，凡欲向上挣扎，总不免让这个来自八方看不见摸不着的有历史性的活结套住，越缚越紧。表现这个抽象阻力，不仅是什么“敌人”的对立；自己的普遍而长期的怠工，萎靡不振，且更加强作用。俨若任何高尚理想与合理事实，都无从着手，无从生根。直到如今，我们对日本算是打了个胜仗，把这个强狠自大的国家，用我们的长处也用我们弱点，紧紧拖住，从而崩毁了。但对我们自己这个有历史性的弱点挣扎时，却真是一个惨败！

我们责谁？恨谁？怨谁？都无意义。我们只应当承认这弱点是一种有年分的老病，与全体民族体质多少有点关系，远之与所谓哲学的人生态度有关，近之又与所谓现代政治思想和教育方法有关，我们得弄明白，想办法。这悲剧是民族全体性的，这责任也就不是某某少数人可负的！

这挫折惨败的主要原因，从远一点说，我们的历史太久了。帝国新旧交替大一统局面，就延长了二十来朝，还有个偏霸分崩割据的较短时期不算。改朝换代照例是用武力，支持偏安更需武力，在这历史背景中，读书人就有个“从龙”“附骥”的心理状态，延续了二千五百年。这个心理状态，一直影响到现在，还可反映于某种第三第四组织中。我们说他缺少独立的见解，只依违于两大之间，应付事实，有所取予，还不够。我们得原谅那有个历史的鬼在起作用！至于教育呢？从近一点说，恐为由张香涛起始，即只知道救穷，支支节节来动手。仅记住管子所说的一句话，即“衣食足而后知荣辱”，其他的全不在意。革命轻轻松松推翻了一个帝国，却不料把属于帝国的一切有形制度和抽象原则也全毁了。旧的毁去，新的未能建立，属于历史上另一弱点，自然在另一群人生命中又得到抬头机会，即“中原逐鹿捷者先得”的英雄意识。因之有帝制，有复辟，有军阀割地而治的督军团，竟延长到中华民国十六年。直到大小书呆子将国家重造观念注入多数年青人头脑中，经过八年，与少数武力情绪相结合，革命成功了。然而又分裂，又内战，……凡属于内战，多少人身预其事的“功业”，自己既都不大愿意提起，引起痛苦的回忆，其余人的过失，我们还有什么不原谅处？

在这么一个不定局势下，支持到九一八，东北完了。也幸而东北与热河的完事，真正敌人势力一直侵入平津，我们才有二十二年到二十六年的警惧与觉醒。福建的人民政府的解体，两广的暗礁和平，以及西安事变良好的结束，都可见出有兵亦未尝必需用兵。大智若愚，其实不愚。

然而我们还得收另外一种“疏忽”的成果，即教育得来的另外困难。我们的家长从办新教育起始，比如说，北大的蔡老先生，和教育部范静生先生吧，本明白教育的理想不止传授知识，还容许有个比具体知识更重要的抽象愿望在内。愿望虽抽象，却能于另一代证实。可是到军阀时代，书呆子弄的教育，即并点缀性也缺少了。一省一县小些地方，学生的用处，还可排队持旗到郊外欢迎将军镇守使的凯旋，这些伟人也还可就中挑取绅士人家的女学生作第几姨太太，逼得那家长不能不允许。大至于北平，似乎从民五六后，即已与上面政府完全游离。虽照例还有个教育部长，除了做官外，中国有多少国立大学，多少学生，就决不在意。因为只要稍稍在意，就会明白教授有好几年是无从靠公家薪水活下去，关于薪水一定要集团请愿闹了又闹，才于逢年过节时，从什么银行借一笔钱点缀点缀的！大至国家财政小至个人收入，穷既然是种事实，因此革命成功后，到读书人来作部长时，教育政策不知不觉便成了张香涛总督的继承者，解决穷，提倡理工。另一面或且以为可以使英雄入彀，转入笃实，免去文法中的“思想”混乱。一切针对现实，可就决想不到还有另外一种现实，即世界上有好些国家，地面地下都是穷得出奇的，只因为人民不愚，或直接面对贫乏，解决了穷的威胁，或虽穷而不见穷相，社会一切有条有理。人民知爱美，能深思，勤学习，肯振作；即产生不出巨万财富，百层高楼，但精神成就上却支配了这个世界大部分，也丰饶了这个世界人类情感和智慧！只除了现代政治作成的中国，不明白那些成就的价值和意义，不特不知尊重，还常常作成不必要的摧残，其余就决无相同的一国，对属于足以教育人类情感的一切，有这个忽视现象的！我们不知可有教育家能想得到，贪污自私的心理基础，还有个比贫穷更深远的背景？即在那些孩子们在受小学教育时代，由于教育的无知，一面极端缺少图画和音乐，却在文史课只背诵历史上伟人名字，一直到现在时人为止，即作成他们心理上的损害不健全。在中学时代，不知文学和美术，而居然有个吃政治饭的准备，引诱他们开始受催眠，习于不思不想。到大学，资质好发展比较平均的，入理工，和社会隔绝游离，自成一体。资质中平或上上，只是带有少年时代即种下的羞怯孤僻性情的，拣文史。而中学时代即有个吃政治饭准备的，学经济政治社会教育，企图由一小单位扩大而成为一个大据点，而事实上十年过去后，这些活动朋友却上了台。只想想我们这个中层的组成，我们就接触着这个问题全部了。在这个发展趋势下，我们怎么能希望国家上轨道，有秩序，得进步？何怪乎到处是社交式的小聪明，到处是有传染性的拖混与适应，到处是公文八股，而使一切年青人麻痹瘫痪，弄得个社会国家恹恹无生气？我们可能想到，凡是提起“官僚”时，固然是个如何使人厌烦的名词，而作官僚的，又如何值得同情与恻悯？他们的一切，是从小学教育即起始的。若国家的教育政策，还在那么一个公式中衍进，到我们第三代，才更是悲剧！

且试从一件最容易为人忽略的小事看看，到最近，各国使馆有设“文化参赞”的消息发表了，从这个名分上想想，我们可知所谓文化参赞，至少是包含有对于所在国“文化”

和本国“文化”具有广泛深刻的了解的人始能胜任的。这种人我们当前有几个？照目下教育设计上说来，国立大学就很少有个文化史或美术史的共通课程，而近二十年习惯，习文史者不仅难望如五四初期所望从认识传统建设一新的道路，即当时所诋毁的哼哼唧唧人材，亦已十分感觉缺乏。而一般趋势，只不过是从字义章句间着手，从不让学生从欣赏涵咏古人性情人格于历史记载与诗歌表现中，对传统精神情感毫无理会机会，这种学生从什么方面可望接受传统，淘深生命，而作出新的创造？若照这么下去，我们的文化参赞也就会像目前许多特种机构一样，得将援留用技术人员例，借材异邦方能办理。这多可怕，多可耻！

以个人私见说来：我们物质上的穷有办法，易解决。我们精神上的愚似乎还得一些有心人对于教育有崭新观念，从新着手。从小学到大学，每一级教育都注意到如何教育他们的情感，疏理它，启发它，扩大它，淘深它。若这件事得从明日“人之师”入手，大学教育近二十年中所无形培养的“愚”，得稍稍想法节制了。而美术，音乐，文学，哲学，知识与兴趣的普遍提倡，却可以在十年后，使新的中层负责者再不至于想到调整社会矛盾还用得着战争，儿童玩火的情绪，也绝不至于延长到一个人二十岁以后。

从这些问题上看，代表中国的头脑的北平，还有个新的运动待生长，待展开，事极明显！这运动没有罢课或游行，没有呼嚷哭泣或格杀勿论，只是一些不曾硬化僵化的头脑，能从深处思索，能反映，能理解能综合，能不为成见偏见所拘束，在一时一事现象上兴奋或绝望，而对于一些比较长远的事情，却可以作个尝试。嵩公府有个蔡孑民先生的纪念堂，孑民先生的学说，似乎值得从北大起始，由适之先生来从教育上扩大它的时候了。还有个文学运动，我们也还有些事可做，为十年二十年的后来者做点试验。我们这一代本身所经验的悲剧，也许只能用沉静来否定现实忍受下去了。可是生在这片美丽土地上的后来者，应当还可由一种健康希望带到一个稍稍合理的社会中，以及稍稍幸福的生活中！

“否定”基于“认识”

××同学：

得你信，说到的种种我很明白，也很同情。这并不是你一个人的问题，华北万千学生万千青年都面临问题，感到束手，焦急，苦闷，彷徨，不知如何走第二步路。这事影响于明日社会，还必然相当大，相当长远，一切既由战争而来，所以问题的解决，当然也在战争结束上，是很显明的。若承认这个观点的正确，当然便不至于把希望寄托到“那个”出路上了。明白现实并非承认现实。事恰相反，真的明白应当激起你一种否定精神。明知的判断和无比的勇气，都由“明白”而来。凡事有所蔽方浑沌不清。能否定现实的，必不会再以为“理想”只不过是堕落和荒谬结合物。战争不能用战争解决，正如一个勇士陷于淤泥中时，无从自己揪住头发掷出泥淖以外。否定这个人类弱点的，是信仰理性和愿望所具有的长处，对弱点不再存任何丝毫依赖心，方能有个真正的新的明天。否则将永远在“适应”上辗转！在这一点上，我们也就看得出近三十年知识分子悲剧何在。又如何分担了民族堕落的一环！政客重适应，事不足奇。可是一个思想家，实在应当看重真理所寄托的原则。这原则尽管空洞而无救于当前一部分人的衣禄，又有损于另一部分社会地位，然而惟有它具有永远否定这个××腐败遗毒的蔓延，理想的世界是天下一家，去掉民族偏见与自大，自私和贪得在某种情形下，每一国家每一民族都能享受其最大自由，各有所呈献而各得所需，相互不同而能调合并驰。这种理想距离我们远了一点暂时可不谈。但是一个比较合理的国家，统一而和平，如这时节许多国家一样，应当是作得到的！盼望那么一个国家实现应当不犯忌讳的！在这一点上我们试稍作检讨，我可见出一种对痛苦丑恶现实之培养，知识分子的绥靖主义如打盹现象，如何有其必然。而一种新的人生观的形成，却必需如何远离这个气氛方能生长。抹杀现实不能算否定现实。真的否定还奠基于认识。更重要处即在认识“理性”之存在与寄托，应当在知识分子身上发现，可不容易发现因为真的理性所表的热忱和信心，都并不曾见于新的文学艺术以及时人政论中。在用笔的一群里，我们只能发现一些聪明小巧的计谋，具新闻性的政见，反复抄袭的学问，有社交作用的活动，可见不出思想。见不出具有充分顽强防腐性而又组织完整的新的历史观，哲学观或文学观。都只想以“多数”代真理，强权代公理。见不出性格，见不出密度和深度。共通只能给人一种印象，即全民族的情感枯窘，世故与疲乏！正由于这种枯窘，世故，与疲乏，失去了调节中和作用，才会让另一种本能抬头到如今的种种，以及明日可能的种种……适之先生在北大国文会上给毕业同学三根救命毫毛，是思索问题，你倘若真能够头脑解放而独立来思索你所思索的是什么、你就会发现“敢思索”已成为当前人一种高贵的品德。你问我国家转机何在，转机即在此！

给一个大学生

××同学：

从乡下回城，见你来信，信中提及同命运奋斗挣扎情形，我很明白。因为我认识许多这种想用赤手空拳来同这个社会作战的朋友。廿年来许多人在沉默中倒下了，腐了，烂了，可是新的理想将依然在年青的心中发酵。我相信你是能够成就所要成就的那个事业的。你由学生变成公务员，转入警校、军校，到现在又转入联大文学院，你的勇敢的盼望，就证明你能从艰难奋斗中创造你自己。我是个过来人，总觉得生存是每个人的权利，好好生存又近于人的义务，因此有许多日子寄身于各个小小机关中，半军半匪队伍中，不管生活如何艰难，做人向上的气概照例不失去。有一时吃的住的毫无办法，每到他人吃饭时，就闯去凑数，晚上睡到烧火处或军械处成捆军服上面，还常被人逐骂。可是虽然如此，我白天还依然精神很好，兴致很好，做一切事都充满生气。一个人真要好好活下去，总是有办法的。个人出路并不困难，可怕的倒是生活压力一去，有了小小出路以后的堕落。你如今既考上了大学，希望为了作人的气概，也能好好地忍受这四年的生活压迫和人事训练。我极羡慕尊敬以个人能力用大学来教育自己的年青朋友。因为各人长处不一致，大学课系多由学有专长的人主持，年青人在学校求进步容易有进步。且知识发展平均，对少数特殊天才言，也许近于损失，为国家进步言，实在很有意义。盼你能明白国家的需要，和生命的庄严，在任何情形下都不气馁，不灰心。“建国”和“做人”两个名词，原本就包含一种长时期的挣扎与苦战，承认这个事实的朋友多，各在不同情形中努力，到某一时，且会联合起来，用一个更勇敢更庄严方式去接近社会，处理事实，解决问题的。……多看点好书，莫把有限精力耗费到对人疑忌或小小争持方面去。莫以为生活穷是最可怕事情。莫以为一切成就都靠“天才”，苦干并无意义。这世界一切形成多决定于人的“意志”，并非“偶然”，亦无“侥幸”可言。对自己尽管苛刻，征服自己一切弱点，正是一个人伟大的起始。

二十九，二月三日昆明

职业与事业

××：

谢谢来信并附寄长诗。我不懂新诗，目下新诗标准既不一致，仿佛极聪明的人和极低能的人都在写新诗，都能写新诗，文字符号共通性越来越少，作者自得其乐情形越来越多，所以我不敢再充内行说出好坏。又觉得一个人写作的动力，应当自内而发，若靠刊载露面来支持，兴趣恐难持久。因此把长诗寄回，望还给那朋友。若他欢喜写诗，我个人私意，从徐志摩、闻一多、朱湘、陈梦家、戴望舒、卞之琳、何其芳各人作品折衷，大致不会受坏影响。这些人作品虽不怎么“新”，却比较“深”，且很可能比并世其他作品经久些。

银行事既很与你性情相宜，生活稳定，又不大累，闻人说跑警报还有钱，做下去自然甚好（你读朋友来信，莫总想到是在讽刺，事实上是不会有的。除非是个病人，就不会成天在讽刺人中讨生活的。这只看看那些努力“学讽刺”充战士的人写的文章，就可知道。凡是装做有思想来写小品文的，末了还是既无文章又无思想，可以证明）。在职业选择上，因为各人有各人的生活理想和生活方式，从比较广泛点看去，这其间并无是非，只有不同。稍稍明理懂事一点的人，都必然尊重这点不同，何况是熟朋友。人太熟，在书信上间或说说作人做事意见，措辞直率显得唐突处，决不会有三回以上的。你以为被讽刺，或者是初到银行，生活与习惯已不相同，心情却保留一些旧的东西，所以人一说话即感觉受讽刺。日子久些，自然就能适应现状了。既在银行服务，主要应当是对本分上事尽职，此外再去学些有关会计经济高深知识，才是向上，或作些无害于事的消遣，费去多余时间，才能够安于职务。向上是常态。不大争气的从业员，照一般习惯玩玩牌唱唱京戏，吃吃喝喝，年终分几个月红利时，就把它投资到什么小生意上去，所思所愿不出职业范围，也可算得是常态。或不甘心同流合污，尚保留一点学生习气，把剩余金钱买点书来读，也还近于常态。至若有计划逃避到比多数中国人还舒服安适环境里，活在最不需要脑子的事务上，却打算作最需要用脑子单独与人生对面的工作，想象体会一切变动中国民的苦难生活，抽出观念，编排故事来表现它，这似乎是变态。因为如此一来，结果不是把业务弄糟，就是把当前中国人的痛苦挣扎，与未来中国人的理想，弄得歪歪曲曲。你不改业，我还希望你用头脑来与生活奋斗，以为也许可做些别人做不了的事。你一改业，我除了盼望你好好服务，好好过日子，别的什么全不想说了。写作不是“职业”，却是一种“事业”。这事业若包含一种国家重造的理想，与一切现有保守腐败势力的观念组织，都必然发生冲突，工作沉重与艰苦，就不是恋恋于职业上生活安定的人能办得好的！

你现在既安于当前职业难道还不明白写作“用心”的方式，与银行职业需要完全不同？古人说“心不二用”，为的是恐怕两不讨好，所以我以为普通银行从业员，拿笔是不必需的。我虽不入银行，倒很尊重在银行忠于职务又肯向上的人，也不十分讨嫌只知照习惯吃得饱饱的养得胖胖的生活下来不大用脑子的人。并不一定要他会写小说。若一面做事，一面写作，那写作等于“玩票”，玩票态度照例是要有人捧场，才高兴做下去，唱不好就会歇手的。过去二十年不少女作家的忽起忽落，工作难以为继，就吃的是玩票的亏。用心不专不深，成就即有限，对自己言还好玩，对整个文学运动言，实在可有可无。写作是要有信心，有热诚，不计功利，不问成败，正义感特别强，对人生充满悲悯博大同情，而又能坚持到死去干的一分庄严工作。不特玩票的方式难见好，即热心从事，有点功利思想和投机打算掺杂其间，如目前二三文化人的生活方式，也未必有好成绩留得下来。实在说，写作是一种相当沉闷，又不能从任何报酬取偿的事业。他努力于新经典的产生，却必需把整个生命放上去。一个人体力神经都有个限度，一认真，便常常不知不觉要超过这个限度去使用，心情状态很可能就将失去平常人过日子的平衡。由于对人生哀乐民族发展看得远，想得深，作品更容易被普通社会抵制或压迫，一时间得不到读者认可。谈不上作品成功，也难安于一般生活方式。试想想，一个以站银行柜台认为生活有保障的大学生，那能适宜用生命投资到这种冒险事业上？我承认文学运动要有一点生气，是需要从五年来寄食在都会中那些“文化人”以外想办法的。十年前我就提出这个理想，以为新的作家，不能在“职业作家”上寄托更大希望，必就一切从业员方面来培养，方可望有大作品产生。可是当前寄生在银行中，习惯于“生活稳定”打算的人，实不必学使用这支笔来思索“人”事，编排人事。只因为人在温室中长大，是不能谈户外气候寒暖与人生意义的！我并不反对人来拼命写作，可不鼓励一切银行职员都来“玩票”。欢喜玩票的，唱京戏比写文章方便得多。因为可以参加彩排，又不至于使脑子混乱，不安分职务。在习惯上虽把写作看得庄严，可是流行风气（即政治把文学放在装点场面上来使用的风气），也就可能使它变得异常猥亵卑污，作家从“说教者”、“经典制作者”、“思想家”身分，变而为“白相人”和“小打手”、“清客”和“混混”。这只看在各大都市中，单纯为装点场面而有一生一世从不会也无可望写一个像样作品的人，还无碍于作一个“文化人”，从从容容过日子下去，就可知道这件事的另一面是什么了。如再加上一批不三不四的票友，文学运动的堕落，恐更难得有个转机。

凡事得于此则失于彼，彼此并及是不可能的。作家埋头努力的，就不大习惯于参加宴会，如朋友巴金你便知道。若你想一面在银行得意，一面从写作找寻生命意义，这是故事上一个妇人“东食西宿”的婚姻观，世界上也正是这种女人继续存在，说明这种半解放的人生观实出于情感混乱。如像有些女人，永远用“某夫人”“某小姐”身分，在社会上露面，做那个“妇女解放运动”一样。本身生活和理想，两相对照才真是最辛辣的讽刺，可是这些女人自己却照例从不觉得的。

一株在温室中培养长大的花木，能在一定温度下好好开花，也就有它生命本身光辉动人一面，即无作梁作栋价值，还依然不失去美的价值。女人或男人中，也有不用脑子思索，一辈子还活得上好的人，实不必一面想一面活动才动人。想不深，活得又恹恹无生气，目下这种年青人已够多了，凡自愿加上去的，我们得放弃了他，任他以什么方式活下去都无碍于事。值得注意的是另外一群，男的或女的更年青的那个多数，在国家各事都需要人时，他们能把“生活稳定”当成一种羞辱，去在各种无保障待开发事业里冒险，忍受当前一个中国人应有的苦难，从学习讨进步，将来成为专家，成为统治者或领导者。因为自己在生活经验上有了免疫性，能抵抗得住忧患来临支持“好好做个中国人”的信心，更能设法扩大这点信心到更年青一辈青年生命中去。

这点教育这点做人力量是从诗中可以取得的，只看一个人如何去读诗扩大他的生命幻想而定。我有个姓刘的朋友，十五年前也读诗也写诗，写给什么女孩子信时，必在信笺上加点极好闻的香水，房中镜框中必有些好看的干花枯草，或一个小蝴蝶，代表一个女孩子的情感和印象。秋天来时书架上必插点枫叶和芦花，增加一点萧瑟感，也等于在心上装饰一点萧瑟。自己衣冠翩翩，日子过得又快乐又忧郁，恰恰如故事上“多情人”一样。可是也许是有这么一回，真的诗扩大了他生命的幻想，忽然从枫叶蝴蝶去研究生物，十五年后成了一个专家还依然用“诗”给他的超功利思想，为研究小白蜡虫，在西南数省徒步走了六七千里路。这才是写诗、学诗、真正懂诗的人！

论投资

去年二三月间，正当滇边路上五千辆汽车络绎不绝将印缅各种物资对流时，我有个在市商会任职的朋友，见猎心喜，带点凑热闹意味，也筹了一笔款，和几个同伙跳上了一辆出租卡车，参加这个活动。不多久，许多人都白手起家了，问问这朋友的经营如何，才知道二十万资本，全搁到一种货物上，等待主顾，还不知道什么时候可以出脱。朋友究竟是个读书人，即做生意也依然从书生立场着眼，现在商会供职，明白本市需要什么，为什么却异想天开，别出心裁，却投资到“文化”物品上去？物品到了地，当然无从找寻主顾，因此把手中一点点本钱，冻结在一批“不切实用”货物上。过了三个月，桂林失守，东东西西物价下落，朋友担心拖下去会更加受损失，不易填还债款，因此赶忙抛价脱手。事后将本利一结算，不多不少，赔了五万七千。这一下经验，对朋友倒不无好处，弄明白了“投资”是商人的技术与智谋的协作玩意儿。读书人若还保有一点书生气或书呆子气，想来有所经营，是不容易见好成功的！

不过用法币经营商业企图增加法币的幻想，虽已打破，正如古人说的“塞翁失马”，还可将“生命”投资到另一方面去。生命投资不问成败得失，但看有无意义。因此一年来，朋友生活得似乎还满有精神，荷包中虽不如许多人胀胀绷绷的，精神上却表现一种神奇健康光彩。同道中或尚有人把他的商务经营失败，茶余酒后当作笑料，我却觉得在做人方面，这朋友毫无可愧怍处。

又两年前有几个朋友，眼见大学里不少青年学生，为了生活出路的忧虑，一齐向“政经系”跑去时，这些有雄心和远志的朋友，都深刻感到社会的沉闷，和个人对于社会关系的密切，以及重造这个关系的信心，恰好得一个善于投资的银行家合作。这合作方式，是朋友把生命投资到年青人方面，写写文章，为“多数”读者打打气，并给读者创造个新的健康活泼人生态度，好应付将来。对我们投资的某公，就出点钱，便于将我们文章一一印出。办法本十分平常，真应了“有力的出力有钱的出钱”两句口号。可是给普通社会看来，自然是不免有些怀疑的。因这个墨家态度墨家行为和社会习惯似乎不大相称，不易理解。社会既不能理解，自然便多离奇的传说。加之有些朋友文章所表示的意见或观念，又似乎对于一种裙带政治（官僚万能政治）有点冲突，然而在一般读者方面又保留个大刀阔斧坦白痛快的印象，所以过不久，一切必然发生的事就完全来到了。首先是投资的要计数一下抽象利息，意即这刊物与他的关系如何，其次是被投资的要估量一下作用。……直到后来有人报告上去调查下来为止，我个人就始终活在一个简单基本信念中，完全想不到对于“多数”读者有益的事，对于另一方面会有什么损失。“调查”既已到来，朋友中有几个懂“政术”的，知道机会已临头上，得失出路全看自己表示。所以短期间刊物停顿结束，这些朋友却各个成为重庆官场中新伙计一员。用金钱投资到我们名分上的可说已完全失败，至少在他个人感觉上，恐怕算是失败了。用生命投资到年青朋友“人生观重造”上的，都俨若在识天命畏天命的从权方式中，皈依受戒，有了个安身之处。至于我呢，正如杀猪的王屠户，出股分买猪的东家，“本钱”既已收回，扯脚捉耳刮毛开肚的伙计，又都散了伙，换好新衣去赴会吃喜酒。空坪中只剩下我一个人，却依然在想象我应当如何来继续弄下去。我那么打量：有钱的，固然无妨把千万资本投资到一切生利的事业中去，没有钱徒有理想的，似乎也还可望某种高尚理想，在更年青的生命中发芽生根，郁郁青青！民族品德的重铸，若不是“法币”办得好的工作，说不定就还得要“热诚”来完成！然而想到一个“思想家”在用一种阿谀神气解释“英雄崇拜”后，一点钟的谈话，即领取二十万元法币，供其余“思想家”随意花用，回过头来我却不免被小顽童追问“老兄，你的热诚值几文一斤”时，自然不免茫然若失。因在事实上，热诚在市价方面都是一文不值的。这是个古典名词，于实际人生，是无意义可言的！我仿佛在一种明亮灯光下，亲眼看到一些衣冠整齐的男女，脸上现出从容欢乐的颜色，一面轻轻吹口哨，一面用极溜刷手式分散扑克牌给其余同座时，就想起一个离奇问题，将二十岁左右的有用生命，每夜集团投资到这个玩意儿上，这种不经济的耗费，是谁设计作成的？应当归谁来负责？是个人的羞辱，教育的失败，还是国家的损失？很明显，这个问题是不大钻入到思想家脑中，当成一个问题，也不会钻入年青人脑中，引起年青人对自己生命价值怀疑的。一切在“承认现实”情形中，都那么镇定，我却独自大惊小怪，是不是真如桂林某刊物上说我的，只是“受不住战争试验”，“神经有点儿失常”？我似乎相当害怕这些人之一个，会站起身来学小顽童追问我，“请问老兄，热诚值几文一斤?”照例必赶忙走过。我受得住战争试验，可实在受不住年青朋友这种试验。若说话不犯公私忌讳，这情形实在太可怕了！这是中兴鼓吹？还是中兴闲气？我们能为一个平常事件大嚷，大闹，大哭，大笑，虽不免被通人谥为“幼稚”，但从幼稚中究竟还见出一点生气。在比较沉静反省下，即可认识求生存待发展的生命意义和价值。若我们只会用一种幽默自解，如此从集团方式来养气，来否认政治上的现实，在军事上即或不久便可望完全战胜了敌人，在别一方面，是不是将会近于打了个更大的败仗？十五年前一个普通“官僚”，也许会认为国家是用随身“副官”、“师爷”、“庶务”三种助手，加上他个人的“威风”，即可望把一个国家治理得好。一个二十岁左右的现代大学生，是应当明白要国家转好，得靠一大群“专家”共同努力来处理方有希望的。我们跑到正义路时，可以说因为手中空空无所有，想做什么都不成功。我们若在学校，就会发现手和眼睛和脑子还有些用处！我们在共同沉默中忍受战争，为什么忍受？要翻身，怎么样才能够翻身？课室中我们“记”这样那样，课室外是否还能限制我们不许“想”这样那样？当我们偶然想起一些“抽象原则”或“具体事实”觉得痛苦感到软弱时，是鼓起勇气来战胜环境、重造环境，还是将一切支撑自己作人的壮志和雄心撤去，听其随波逐流，浮沉于当前习惯此后机会中？

我们都明白小商人投资常常近于无眼光，无计划，只知在市场上将有限货物转手，造成物价高涨现象，却不大关心个人生命，同样无计划的投资到某一种行为上，对国家明日可能造成什么坏影响。

我们做人的自尊心和自信心，倘若并未因生活上一点穷困失去时，会觉得可做的事，实在还很多，应当想办法来好好使用这部分剩余生命，也一定有办法用得比桃花杏花王子皇后竞赛中有意义得多。然而这个投资的设计，应当归谁来负责？是上帝还是青年本身？

读书人的赌博

“关于知识阶级，最好少说话。察渊鱼者不祥。”

“是的，老师。不过这是我两年前记在一个小本子上的玩意儿，从没对人提起过！现在读书人变了。”

“你意思是他们进步了，还是更加堕落?”

“老师，我从不觉得他们堕落，因此也不希望他们进步。我只觉得他们是有头脑的人，以为不妨时常想一想。只要肯时常想一想，国家就会不同得多了!”

当我翻到《关于知识阶级》一段小文预备摘抄时，仿佛和骑青牛懂事故的老子，为有趣那么一个短短的对话。……作新烛虚一。

我想起战争，和别人想的稍有不同。我想起战争四年还未结束，各个战区都凝固在原有地面，像有所等待的神气。

在这种情形中，前方后方五百万兵卒将士，或可即用战地作教场，学习作战并学习做人，得到不少进步。国家负责方面若像我一样思索到这个问题，想到这五百万壮丁将来回转他们那村里的茅屋中时，即以爱清洁有条理的生活习惯而言，对于国家重造所能发生的影响，可能有多大，就一定会想出许多方法，来教育他们，训练他们，决不至轻轻放过这个好机会了。这自然是我这个书呆子的妄想！规规矩矩的读书人，不会那么胡思乱想的。

以“教育”两字而言，目前即似乎还是学有专长读书人的专利。读书人常说“学术救国”，可不相信壮丁复员后，除了耕田，有别的用处更能救国。这事情也极平常，因为许多读书人对于自己的问题就不大思索，譬如说吃教育饭的读书人，在目前战争情形中，是不是在教书以外，还想到如何教育自己？打了四年仗，世界地图都变了颜色，文化经济都有了变化，读书人有了多少进步？应不应当进步？我们且试为注意注意，有些现象就不免使人吃一惊。因为许多人表现到生活上，反映到文字上，都俨然别无希望与幻想，只是“在承认现实”的现状下，等待一件事情，即“胜利和平”。好像天下乱“用不着文人”，必待天下太平，那时一切照常，再来好好努力做人做事也不迟！战事结束既还早，个人生活日益逼紧，在一种新的不习惯的生活下，忍受不了战争带来的种种试验时，于是自然都不免有点神经衰弱。既神经衰弱，便带点自暴自弃的态度，因之“集团自杀”方式的娱乐，竟成为到处可见的情形。这类人耗费生命的态度和习惯，幽默点说来，简直都相当天真，有点返老还童的意味！正像是对国家负责表示：“你不管我们生活，不尊重学术，好，我也不管！”所以照习惯风气，读书人不自重的行为，还好像含有不合作反抗现实的精神，看不惯社会的不公正，才如此如彼。负军事责任的，常说只要有飞机大炮，即可望有把握打个大胜仗，料不到一部分知识阶级的行为，恰恰就表示在民族精神上业已打了一个不大不小的败仗。

然而对于这个问题，却似乎和目前许多别的问题一样，不许人开口。触事多忌讳，不能说。用沉默阿谀事实，竟是必要的。或有人看不过意，要提出讨论讨论，或想法改善，结果终亦等于捕风，近于好事。好事过分或热心过分，说不定转而会被这些读书人指为有“神经病”。以为不看大处看小处，而且把小事放大，挑剔自家人何苦来。“小子何知，吾人以此自溷耳。”因此一切照常。

这种知识分子，事实上对生命即无一较高的理想或目的，必用刚正牺牲精神去求实现，生活越困难，自然越来越不济事。消极消极，竟如命里注定，他人好事热心，都是多余了。不过我们若想起二十年前，五四前辈痛骂遗老官僚为何事，真不能不为这种“神经衰弱”的知识阶级悲悯！

我于是妄想从病理学上去治疗这种人，由卫生署派出大批医生给这些读书人打打针，从心理学方面对付这种人，即简简单单，当顽童办理，用戒尺打手心。两个办法中也许后面一法还直截简单而有效果。为的是活了三四十岁的读书人，不知尊重自己，耗费生命的方法，还一如顽童。不当顽童处治，是不会有作用的！

细想知识阶级的过去，意忽有所悟。这类人大多中产家庭出身，或袭先人之余荫，或因缘时会，不大费力即得到当前地位。这些人环境背景，便等于业已注定为“守常”，适宜于在常态社会中过日子。才智聪明，且可望在一有秩序上轨道的国家中作一有用公民，长处是维持现状，并在优良环境中好好发展。

不凑巧就是他们活在当前的中国，战前即显得有点不易适应。他们梦想“民治主义”，可是却更适宜生活在一个“专制制度”中，只要这专制者不限制他们的言论，并不断绝他们的供给。他们赞同改变一切不良现状的计划，可是到实行时，却又常常为新的事实而厌恶，因此这些计划即使可逐渐达到真正的民主政治，他们还会用否定加以反对与怀疑。可是反对与怀疑尽管存在，一面又照例承认事实。在事实上任何形式的政治制度，只要不饿坏他们，总可望安于现状活下去。虽活得有点屈辱，要他们领导革命，可办不到。所以过去稍有头脑的军阀，当前的有手腕的政客，都明白不必担心知识阶级不合作。这些人目前也有好处，即私人公民道德无可疵议，研究学问也能循序渐进慢慢见出成绩，虽间或有点自私，所梦想的好社会，好政治，都是不必自己出力即可实现，而且不能将生活标准降到某种程度。可是更大的好处，也许还是他们的可塑性，无所谓性，即以自我中心出发，发展自己稳定自己的人生观。因此聪明的政治家，易于运用他们的知识和社会地位，从事政治上的一切建设。不必真正如何重视他们，但不妨作成事事请教的神气，一半客气用在津贴研究费上，即可使他们感觉当事者的贤明。如运用得法，这些人至某一时无形中且会成为专制的“拥护者”，甚至于“阿谀”。正因为这些人在某一点上，常常是真正“个人主义者”，对国家“关心”相当抽象，对个人生命“照常”却极其具体。书本知识虽多，人生知识实不多。至于牺牲地位，完成理想，或为实证理想，自然是不可能的。话说回来，这些人又还可爱，可爱处也就是在他那种坦白而明朗的唯实哲学，得过且过的人生观，老实性格，单纯生命在温室中长大而又加以修理过的礼貌仪范。读的书虽常常是世界第一等脑子作的，过日子却是英美普通公民的生活打算。……

我好像重新明白一个问题，即前面所说，遇到这种人不自爱与不自重时，就打手心的办法了。因为这么一种人活到当前变动社会中实在是一种悲剧。他们的工作和生活的幻想，已完全毁了，完全给战争毁了，读书由于分工习惯，除了本行别的书又无多大兴味，他们从“集团自杀”方式上找娱乐，还能做什么？我幻想廿年后国家会有个新的制度，每个中国人不必花钱，都有机会由小学读到大学毕业。到那时，所谓“知识阶级”和“政客”，同样已成为一个无多意义的名词。国家一切设计全由专门家负责，新的淘汰制度，却把一切真正优秀分子，从低微社会中提出来，成为专门家的准备人材，到那时，对于知识阶级，将不是少说话，却是无话可说，那就太好了。

三十二年四月　改

真俗人和假道学

朋友某教授，最近作篇文章，那么说："世有俗子，尊敬艺术，收集骨董，以附庸风雅"，觉得情形幽默，十分可笑。我的意见稍觉不同，倒以为这种人还可爱。"风雅"是什么，或许还得有风雅知识或有风雅意识的人来赞美诅咒。风雅的真假，也不容易说明。我想来谈谈俗事。俗似乎也有真假区别，李逵可爱，贾瑞就并不怎么可爱；我们欢喜同一个农夫或一个屠户谈家常，谈生意，可不大乐意同一个什么委员谈民间疾苦。何以故？前者真，后者假。所以我认为俗人尊重艺术，收集骨董，附庸风雅，也有他的可爱处。倘若正当生于中国长于中国的艺术家不知中国艺术为何物，眼光小，趣味窄，见解偏，性情劣到无可形容时节，凡艺术家应作而不作的事，有俗人来附庸风雅，这人虽是李逵，是贾瑞，是造假货的市侩，是私挖坟墓的委员，总依然十分的可爱。为的是艺术品虽不能在艺术家手中发扬光大，还可望在这种人嗜好热心中聚积保存。这还是就假俗人不甘协俗附庸风雅者而言。至如真俗人，他自己并不以俗为讳，明本分，重本业，虽不曾读万卷书，使得心窍玲珑，却对于美具有一种本能的爱好。颜色与声音，点线或体积，凡所以能供其直觉感受愉快的，他都一例爱好。因爱好引起关心，能力所及，机会所许，因之对于凡所关心的事事物物，都给以更深一层注意。或收积同类加以比较，或搜罗异样综合分析，总而言之，就是他能从古今百工技艺，超势利，道德，是非，和所谓身分界限而制作产生的具体小东小西，来认识美之所以为美。这种艺术品既放宽了他的眼睛，也就放宽了他的心胸。话说回来，他将依然俗气，是个不折不扣的俗人。他或许因此一来还更拥护俗气。他不必冒充风雅，正因为美若是一种道德，这道德固不仅仅在几卷书本中，不仅仅在道学，风雅，以及都会客厅，大学讲座中，实无往不存在，实无往不可以发现，实无往不可以给他教育和启迪，使他做一个生命充满了光辉和力量的“人”！他将更广泛的接近这个世界，理解人生。他即或一字不识，缺少文明人礼貌与风仪，一月不理发，半年不祷告，不出席时事座谈会，不懂维他命，终其一生做木匠，裁缝，还依然是个十分可爱的人。很可惜的是这种俗人并不多，世界上多的倒是另外一种人。

与这种人行为性情完全相反，在都市中随处可以遇见的，是“假道学”。这种人终生努力求“可敬”。这种人的特点是生活空空洞洞，行为装模作样。这特点从戏剧文学观点来欣赏，也自然有他的可爱处。不幸他本人一切行为，一切努力，都重在求人“尊敬”，得人“重视”，一点点可爱处，自己倒首先放弃了。这种人毛病就是读了许多书籍，书籍的分量虽不曾压断脊骨，却毁坏了性情。表现他的有病是对鬼神传说尚多迷信，对人生现象毫无热情。处世某种宽容的道德，与做学问慎重勤勉处，都为的是可以使他生活在道德的自足情绪中与受社会重视意识中。他本来是懒惰麻木，常容易令人误认为持重老成。他本来自私怕事，又令人误认为有分寸不苟且。他的架子虽大，灵魂却异常小。他凡事敷敷衍衍，无理想，更无实现任何欲望的能力，在他们自己说来是明道守分。他的道是“生活一成不变”，他的分是“保全首领以终老”。他也害病找医生，捐款给抗敌会，参加团体宴会，并且在有分寸不使自己难为情的方便中做做爱，（秘密而温柔！）做爱时心在胸腔子里跳跃，可是这也只是一会儿的事，因为他做人的趣味，终战胜不过做道德家的趣味。他期望软弱处最多不过一秒钟，便刚强起来了。他爱名誉，为的是名誉是他生命中最重要的装饰。他间或不免作点伪，用来增加他的名誉。他从自己从别人看来都是有道德的，为的是在道德生活中他身心异常安全。

他貌若嫉恶如仇，在众人广座中尤其善于表现。他凡事力持“正义”，俨然是正义的维持者。

他若是个女人，常被人称为模范母亲，十分快乐。这种快乐情绪一加分析，就可知尤以“贞节”成分最多。贞节能与美丽结合为一本极难得，至少比淫荡和美丽结合更见动人。不幸这种贞洁居多却与老丑结合为一。（俨如上帝造人，十分公正，失于此者可望得之于彼，许多女子不能由美丽上得到幸福，却可由贞节意义上得到自足！）虽然事多例外，有些上帝派定的模范人，依然乐于在客厅中收容三五俗汉，说说笑话，转述一点不实不尽属于私人的谣言，事事依然是“道德”的，很安全，很愉快。若他是个绅士，便在人前打趣打趣，装憨，装粗率，装事不经心，用为侍奉女子张本。他也依然是“道德”的，很安全，很愉快。

另有种年青男子，年纪较轻，野心甚大，求便于欲望实现，于是各以担负新道德自命。力所不及，继以作伪。貌作刚强，中心虚怯，貌若热忱，实无所谓。在朝则如张天翼所写华威先生，在野则如鲁迅所写阿 Q。另有种年青女人，袭先人之余荫，受过大学教育，父母精神如《颜氏家训》所谓欲儿女学鲜卑语，弹琵琶，以之服侍公卿，得人怜爱。鲜卑语今既不可学，本人即以能说外国语如洋人为自足。力尚时髦，常将头发蜷曲，着短袖衣，半高跟鞋，敷厚粉浓朱，如此努力用心，虽劳不怨。然而一身痴肉，一脸呆相，虽为天弃，不甘自弃。或一时搔首弄姿，自作多情，或一时目不邪视，贞节如石头。两者行为不同，精神如一：即自觉已受新教育，有思想，要解放，知爱美！凡此种种，常不免令人对上帝起幽默感。好像真有一造物主，特为装点这个人生戏场，到处放一新式傻大姐，说傻话，作傻事，一举一动，无不令人难受，哭笑不得。这种人应当名为“新的假道学”。

假道学的社会纠纷多，问题多，就因为新旧假道学虽同样虚伪少人性，多做作，然而两者出发点不同，结论亦异。所为新式论客说法，这名为“矛盾”，为“争斗”。解放这矛盾争斗并无何等好方法，只有时间可以调处。时间将改变一切，重造一切。

未来事不能预言，惟可以用常理想象，就是老式假道学必然日将消灭，以维持道统自命的作风不能不变，从新做人。这从一部分先生们四十以后力学时髦，放他那一双精神上小脚时的行为可以看出。新式假道学又必将从战争上学得一些新说明，来热热闹闹度过他由二十岁到三十五岁一段生涯。文化或文明，从表面上看，是这些读书人在维持，在享受，余人无分。可是真正异常深刻的看明白这个社会的一切，或用笔墨或用行动来改造，来建设活人的观念，社会的组织，说不定倒是要一群不折不扣的俗人来努力。

真俗人不易得，假俗人也不怎么多，这或者正说出了数年前有人提出的那一个问题，“为什么中国无伟大文学作品产生?”伟大文学作品条件必贴近人生，透澈了解人生。用直率而单纯的心与眼，从一切生活中生活过来的人，才有希望写作这种作品。世上多雅人，多假道学，多蜻蜓点水的生活法，多情感被阉割的人生观，多轻微妒嫉，多无根传说，大多数人的生命如一堆牛粪，在无热无光中慢慢的燃烧。且都安于这种燃烧形式，不以为异。如不相信，随意看看我们身边人事，就明白过半了。我们当前的问题，倒是上层分子俗人少，用闷劲与朴实的人生观来处世，为人，服务的俗人太少，结果什么都说不上。多有几个仿佛极俗的作家，肯三十年一成不变，继续做他的事业，情形会不同多了。

谈保守

一提“保守”很容易想起英国。多数人都觉得英国以保守著名的。社会组织上，个人性格上，给人的印象，都仿佛比任何国家任何民族富于保守性。同时且觉得这种“守成”与“照旧”成就了英国的伟大，正如现代的德、意、苏联，其他国家用“违反传统”所能成就的一样。帝国商务的推进，领土的维持，是由保守成功的。但有一点我们容易疏忽处，英国人对于支持传统虽十分注意，正因为支持传统，举凡一切进步的技术，可并不轻视。他保守，在工业上却不落后，在武备上也不落后，在人事管理上也不落后。保守毫不妨碍它的进步，且从不因保守而排斥进步理想。它的保守是有条件的，经过选择的。

中国也富于保守性，好些场合中国人且以此自夸。可是这种“守成”与“照旧”，却招来外侮与内患。孙中山先生明白贫弱与愚是中国民族的病根，想把这个民族振作起来，在应付人事道德上固然有条件保留些旧有东西，在谋生存技术上却极力讲求进步。因此对于政治组织与富国计划中，费了数十万文字来说明。孙先生死后，国民都觉得他的人格伟大而识见深远。不过这种敬仰仿佛是一回事，个人愚而自私又另是一回事。换言之，就是敬仰他的从不学习他、摹仿他。正因为若干人依然还是愚而自私，通常且以能保守自誉自慰。当政者则用保守为一种政略，支持其现成权利，家道小康的中层阶级，血气既衰，毫无远志，亦乐于在一种道德的自足与安全中打发日子。一切进步既包含变革，一种由不合理转为合理的变革，对于个人权利，凡在保守中用不正当方式取得者，如贪污，对于个人义务，凡在保守中用不正当方式规避者，如门阀，社会若进步，即不免失去其保障。因此一来，“进步”便成为多数人惶恐与厌恶名辞。这些人惧怕进步，生存态度即极端妨碍进步。对进步惶恐与厌恶，因之诅咒它，诋毁它，盲目耗费力量极多。倘如把这点抵制进步的力量转移到另一相反方面去，中国便不会像当前情形了。试从中国两件近事取例：山东的韩复榘，妄想用一部《施公案》统治一省，用极端保守方式支持他的政权，不知国家为何物，结果战争一起，局面一变，组织崩溃，误国殃民，自身不保。广西的李、白两人，眼光较远大，凡事知从大处看，肯从大处注意，对内政建设一切用近代技术处理，抗战期中，成绩昭著，足为全国模范。保守与进步不同处，它的得失，从上述两例，即可明白了然。

对保守情绪作进一步观察，我们便知道它原来与“迷信”有关，同发源于人类的自私与无知，鲁滨孙在他的《心理的改造》一书中认为这是人类蛮性之遗留。他说——

> 研究原始人生活特质的人，往往惊讶其根深蒂固的保守性，不必要的束缚个人自由和绝望的惯例。人类和普通植物一样，每易一代一代因循下去，其生活与祖先生活无异。必有强烈的经验逼迫着他们，方能使其有所变革，并且每易借端回复到旧习惯。因为旧习惯比较简单粗陋而自然——总之，更与他们的本性和原始性相近。现在的人往往以他的保守主义自骄，以为人类是天生好乱的动物，幸有远见保守派所阻遏，而不知正与事理相背驰。殊不知人类天生是保守的，好作茧自缚，阻挠变革，畏怖变革，致使他们自生存以来，差不多全部时期处于一种原始状态中，而至今犹有人在这种近代社会中，维持各种野蛮的习惯。所以根据什么主张或什么

教条的保守家，在态度上是毫无疑义的原始人。这种人进步的地方，只在他能够为保持旧心境随时举出若干好听理由来罢了。

这位先生谈的是世界人类问题，针对的是支配世界顽固保守者、强权者，所以说到进步，他还认为只要这些人观念上能有所变革，人类就幸福多了。他说的虽是世界，拿来给中国人看倒也有一二点似乎很相似处。他的希望，是人们对于自身行为及其观念上的改变，以为只要观念一改，国家的夸大，种族的仇视，政治的腐败，以及一切缺点，必都可望降低至危险点以下。

困难或许是观念的改变。所以斯多噶派的古谚说：人们感受的痛苦，实起因于他们对事物的意见，而非由于事物本身。我们国人的弱点，也很可说正是做人的意见不大高明。

社会由于私与愚而来的保守家到处存在，他们的意见成为社会的意见，所以三十年来的中国，在物质方面，虽可从沿海各地工商业物品竞争摹仿上，见出一点进步，在负责者作公民的态度上，情形就令人怀疑。尤其是一种顽固保守家，经过一度化装，在新的社会组织里成为中坚以后，因对于任何进步理想都难于适应，感到惶恐，对进步特殊仇视，

“进步”在中国更容易成为一个不祥的名辞。

人类天性是易于轻信，且容易为先人印象所迷惑，受因习惯例所束缚的。尤其是中国这种社会，至今还充满了鬼神的迷信，大多数读书人还在圆光，算命，念佛，打坐，求神，许愿种种老玩意儿中过日子。大多数人都习惯将生命交给不可知的运与数，或在贿赂，阿谀交换中支持他的地位，发展他的事业。从这么一种社会组织中，我们对于进步实无希望可言。

年青人都渴望进步，一切进步不能凭空而来。譬如种树，必有其生根处。统治者便于治理，中产者便于维持，薪水阶级便于生活，守常成为当然的趋势。进步种子放在守常土壤中，即生根发芽，生长得也实在太慢了。这事从中国教育即可看出。普通教育的目的，应侧重在养成大多数良好公民的人格和知识。一个人对于国家得到公民权利以前，先知所以尽国民义务。爱国家，知大体。对职务责任不马虎苟且，处世做人时知自重自爱。

不幸之至，教育收成正恰得其反。中国农民中固有的朴厚，刚直，守正义而不贪取非分所当得种种品德，已一扫而光。代替这种性格而来的特点是虚伪与油滑：虚伪以对上，就成为面谀。貌作恭顺虔敬，其实无事不敷衍做作，毫不认真。油滑以驭下，则成为无数以利分合的小团体竞争。有一点相同，即上下一致将无知平民当作升官发财对象，切实奉行老子所谓“圣人不仁以百姓为刍狗”格言。三十年来的新教育，成就了少数专家学者，同时便成就了多数这种坏人。受教育者有许多尚不知公民道德为何物，尚不配称为良好公民，却居然成为社会负责者。这些人堕落了国家的地位，民族的人格，自己还不明白。因为社会上这类人占有相当多数，所以一切使民族向上的名辞，都失去了良好的反应，不是变得毫无意义，就是变得非常可怕。一切使国家进步的事实，都认为不足重视。全个社会在这种“混下去”的情形下听其自然推迁，不特个人事情付之命运，国家民族问题也同样付之命运。即以少数优秀知识分子而论，其中自然不乏远见者，明白如此混，混不下去。但结果亦不免在宿命观趋势中付之一叹。或怀抱一种不合作傲世离俗情绪，沉默无声。毫无勇气和信心，以为人类的事既有错误，尚可由人手来重新安排，使之渐渐合理。顺天委命的人生观，正说明过去教育有一根本缺点，即是：只教他们如何读书，从不教他们如何作人。

昔人说：“我们由怀疑而生问题，从事搜求则可得真理。”当前四十岁以上的中国人，追求真理毫无兴味，对

"真理"两字，似乎已看得十分平淡，无希望可以兴奋其神经。大多数人对眼边事从不怀疑，少数人更不敢怀疑。"疑"既不能在生命上成为一种动力，"信"亦不能成为生命上一种动力。凡由疑与信两方面刺激人影响人的能力，在四十岁以上的人，似乎因种种相对力量在经验上活动，活动结果是相互抵消，因之产生一种主义，就是无可救药的个人主义。这种自私为己精神用积极方式出现，则表现于公务人员纳贿贪赃作为上，用消极方式出现，则表现于知识分子独善其身苟全乱世生活态度上。所以由怀疑而发现真理，求人类理知抬头，对迷信与惰性作战，取得胜利，把这类事希望四十岁以上的人，无可希望。

五四运动之起，可说是少数四十岁以上的读书人，与多数年青人，对于中国人"顺天委命"行为之抗议，以及"重新做人"之觉醒。伴同五四而来的新文学运动，便是这种抗议与自觉的表现。拿笔的多有用真理教育他人的意识。惟理论多而杂，作者亦龙蛇不一，因此二十年来新文学作家在中国成一特殊阶级，有一稀奇成就：年事较长的，视之为捣乱分子，满怀无端厌恶与恐惧，以为社会一切坏处统由此等人生事。年事较轻的，又视之为惟一指导者，盲目崇拜与重视，以为未来中国全得这种人负责。两方面对文学作者的功用与能力估计得都过分了一点。加上文学作者自身对于社会的态度，因外来影响，一部分成为实际政治的附庸，能力不足者则反复取巧，以遂其意；另一部分却与社会分离，以嘲讽调笑为事，另一部分又结合浪漫情绪与宗教情绪而为一，对于常态人生不甚注意，对于男女爱欲却夸大其辞。教育他人的渐渐忘了教育自己，结果二十年来的新文学运动，虽促进了某一方面的解放与进步，同时也就增加某一方面的纷乱和堕落。文字所能建设的抽象信仰，得失参半。

人事既有新陈代谢，当前二十岁上下的青年，就是此后二十年社会负责者。一个文学作者若自觉为教育青年而写作，对于真理正义十分爱重，与其在作品上空作预言，有信仰即可走近天堂，取得其“信”，不如注入较多理性，指明社会上此可怀疑，彼可怀疑，养成其“疑”。用明智而产生的疑，来代替由愚昧而保有的信。因疑则问题齐来，因搜求问题分析问题即接近真理。文学理想若必需贴近人生，这样来使用它时，也许容易建设一较健康作风与良好影响。我们所需要的真理无它，即全个民族，应当好好的活下去，去掉不可靠的原人迷信，充实以一切合理的知识与技术，支配自然，处置人事，力求进步，使这个民族在任何忧患艰难情形中，还能够站得住，不至于堕落灭亡罢了。认识这种真理需要理性比热情多，实现这种真理需要韧性比勇敢多。

尼采说：“证明一事是不够的，应该将人们向之引诱下去，或启迪上来。因此一个知识分子应该学着将他的智慧说出来，不碍其好像愚蠢。”实证真理很容易邻于愚蠢，知识阶级对于各事之沉默，即类乎对此“蠢愚”之趋避。然而时间却将为这种不甘沉默者重作注解，即：社会需要这种人用韧性来支持他的意见，人类方能进步，有人敢对传统怀疑，且能引起多数人疑其所当疑，将保守与迷信分离（与自私和愚昧分离），这人即为明日之先知。

六月十四昆明作七月七日改

男女平等

从最古神话到最近科学家意见，都说男女生来好像是“不平等”的。神话说男子用黄土作成，女子用水作成。科学家说从生理组织方面观察，男女生来就不一样，在适应组织表现到行为活动或情绪发展时，男女更不一样。因此“分工合作”名词在过去，当前，未来，永远都有它的意识。人在原则上虽说应当“平等”，事实上许多方面既不相同，求平等自必相当困难。不平等本无“高下”，无“是非”，只是有一点“差别”。因这点差别，于是产生一种现象，即男性在社会上有凡事独占情形，女子在社会上却近于附庸。渔猎时代生活既简单，男的觅食，女的育雏，分工合作各执其事，还看不出男女间如何特别不公平。到农业时代“财富”有了意义，财产来源既与“能力”不可分，因此男女之间生活地位渐渐见出差别。中国古代政治家，早看出了这种差别，可能发生许多问题，想用人为的方式求其平，礼教由此而起。礼教中谈及男女问题，虽云“男尊女卑”，其实在家的制度中却给了女子一种绝对平等观。可是财富既与能力不可分，能力的另外一种发展方式，又成为知识，对女子定则能力多用于育雏一事，知识发展亦因之受了限制，男子拥有知识与财富，女子却除孩子外竟似别男女地位上的优劣情形，[1]自然日益显著。到近代，平等观重新被提出，妇女问题也就因此而起。然而差别既是根本上的，妇女问题所要求的又疏忽了这个根本上的“不同”，只争取生活上的机会均等。以目下能得到为满足得不到为受压迫，自然产生对立感觉。所以妇女问题从一个受过点普通教育，读了些小册子，年在二十岁左右的女子看来，也许要求的只是像男子一样得到知识、权力和地位，问题即已解决。但是一个真正认识这个问题的人说来，就一定觉得到这一切实不容易，即得到这一切，不平等事实还依然存在。求“男女平等”，或者还得另想办法。这办法应当将男女关系重新给予一种解释，在分工合作情形上各自产生一种尊严感，这尊严感中实包括了

1．此句疑缺字。

“权利”和“义务”两种成分。义务不能相同，权利也容许有不尽同处。到那时女子“得到一切”的幻想或者自然会承认事实，改为“得到所能得到的”。且明白解决妇女问题，比别的问题还切迫需要从“认识”入手，第一点即认识男女不宜从对立方式作无结果的战争，却必需在合作趋势上建设生活的理想，女性能明白一个家对于母性本能发展的重要性，如何大，如何重要。幻想始终有个生理限制，对少数可望超越，对多数还得服从自然。男性若明白有关男女问题殊不必对立争权，更不必在名词上纠纠缠缠，凭空说理，所努力的是如何来安排一个好好的家，在家的意义上，享乐感与责任感调和得恰到好处，使这个家恰如一个聪明鸟儿温暖的窠，适宜于发展母性鸟类孵卵育雏本能，而又不丧失现代女子所需要的自尊心，因此一来，妇女问题就简单多了。所以当前妇女问题，也可说实起因于男女两方面知识不够，属于情感处理的抽象知识，与属于生活的具体知识，都不充分，问题因此不易解决。“男女平等”一名词上各执一端，纠缠不清，只增加问题本身的复杂性，毫无有助于任何一方面结论可言。前不久，政府有成立一个妇女部的消息，妇女部作的事自然很多，可是个人却希望妇女部中能容纳几个专家，将当前中国妇女问题，从与男子“对立”趋势上，引导到与男子“合作”趋势上来。至少这种工作值得试验，尤其是就中层阶级男女，必须作种种设计，建设一些新的两性观，对抗封建观实在大有意义。

应声虫

范正敏《遯斋闲览》，有一条记应声虫，认为是一种传染性的怪病。医药故事，即尝引用到它。

> 余友刘伯时，尝见淮西士人杨勔，自言中年得异疾，每发言应答，腹中辄有小声效之。数年间，其声浸大。有道士见之，惊曰："此应声虫也。久不治，延及妻子。宜读本草，遇虫所不应者，当取服之。"勔如言，读本草至雷丸，虫忽无声。乃顿饵数粒，遂愈。余始未以为信，其后至长汀，遇一丐者，亦有是疾，环而观之者众，因教之使服雷丸。丐者谢曰："某贫无他技，所以求衣食于人者，唯借此耳。"

这个记载也许有点儿讽刺意味，反映新法党争激烈时，使多少人放弃头脑不用，凡事只是人云亦云，为的是可谋衣食！应声虫自然是一种抽象生物，不至于为昆虫学者收入昆虫谱的。但到近年来，社会各方面却似乎有不少人已害了这种病。尤其是知识分子，一得这种病后，不仅容易传染及妻儿子女，且能延及过往亲朋，同事，师友。害病的特征为头脑硬化，情感凝固。凡事不论大小，都不大思索，不用理智判断是非。而习于人云亦云，随声附和。对任何强有力者都特别恭顺敬畏，不触忌讳。此种唯诺依违，且若寄托一种高尚理想。雷丸是否能治这种病，还没有人试验过。不过可以猜想而知的，即雷丸或其他药物，纵对于这种时代流行传染病能防止，能治疗，患病者却未必乐意受治疗。事正相反，说不定还希望其有更大传染性，能作迅速而普遍传染，由家人，亲友，慢慢扩大，至于那个多数，便于从多数发生所谓政治影响。患病的大致可分两种：一种是年过四十，受过高等教育学有专长，透熟人情世故，带点虚伪做作情形害下去的。一种是年在二十左右，性情单纯热忱，在心理上属于青春期年龄，结合了求偶情绪与宗教迷信，本来应当十分激进，但因传染此病，而萎靡不振，因之绵缠下去的。二十岁左右受此传染病的又可分两种，一种待找出路分子，一为小有产者子弟。传染最厉害的还是找出路分子。对强权特别拥护崇拜，对财富尤所倾心，传染者既多，且于不知不觉间便形成一种特殊势力，影响到各方面，尤其是有助于巧取豪夺强权的扩大，以及腐败发霉社会的继续。更直接的自然还是影响其本人社会地位以及日常生活。用之于人，虽未必有牛黄马宝治疗之效果，但亦可以使许多人逐渐四平八稳，少年老成，麻木低能，凡神经兴奋之行为决不参加，凡增加纷乱之事决不介入。然或有好事者说，“这是应声虫作怪，得治疗，不治将作普遍传染，使社会上中层分子有集团头脑硬化现象，对国家民族十分危险”。患病的或有知，或无知，必一例觉得这人好事可恶，且别有用心。尤其是如涉及四十岁以上的病状，以为近于虚伪顽固懦弱自私，二十岁左右将有成为工具可能时，必特别不愉快。这有原因。只因为贫而无他技者，能听这种病延续下去，所有好处即比千年前还多。如劝他想法治疗，等于破他的财门。至于富而无他技者，即正可因之巩固已有权势，或增加左右时局地位，满足更大欲望。然尤其有意义，有作用，或尚为不贫不富那个知识阶级，若知所以附会于这个病状中，在写社论作公开演讲，表明放弃头脑阿谀势力为人类新道德时，实有不可思议之好处。

元碾然子作《拊掌录》，记欧阳修与人行酒令，大有意思。

欧阳公与人行酒令，各作诗两句，须犯徒以上罪者。一人云："持刀哄寡妇，下海劫人船。"一人云："月黑杀人夜，风高放火天。"至欧公，却曰："酒粘衫袖重，花压帽檐偏。"或问之，答曰："当此时，徒以上罪亦做了。"

充军虽已成一古典名词，只在旧戏文小说中间或还可见到。至于徒以上罪，则至今似尚好好保留，随时可以使用。事在今日，若有人行这个酒令时，实不必如何苦思，只要口中轻轻地说"人云亦云，是应声虫"，即可罪名成立。因到处都有应声虫，话语顺风吹去，自然即有人觉得是刺中了他。这种人高一级的大多是四十五十而无闻，治学问弄事业一无特别成就，静极思动，忽然若有所悟，向虚空随手一捞，捉住一应声虫咽入腹中，于是从伙儿伴儿中，作点不花本钱的买卖，大之即可在此脆弱社会中，取得信托与尊重，忽俨然成为社会中要人，或某要人新器重的分子。小之亦可从而润点小油水，比如说，……事实虽如此如彼，却千万说不得，偶尔提及，即不免触犯忌讳。古人说："察渊鱼者不祥"，从这句话使人想起二千年前哲人警告的意味深长。"莫踬于山，而踬于垤”，世界上固尝有愚人所作的小小狡狯，有时会使巨人摔一跤，且即从此不再爬起的。而愚人之行为，通常即反映患应声虫者之病入膏肓，事极显明。

又《拊掌录》记海贼郑广作诗事云：

> 闽地越海贼曰郑广，后就降补官，同官强之作诗。广曰：“不问文官与武官，文官武官总一般。众官是做官了做贼，郑广是做贼了做官。”

正和绰号“细腰宫院子”的庄季裕所著《鸡肋编》说的绍兴建炎时事相互映照。当时人云：“欲得富，赶著行在卖酒醋。欲得官，杀人放火受招安。”语气虽鄙俚不文，不仅是当时现实主义者动人的警句，且超越历史，简直有点永久性。用作抗战后方某一些为富不仁的人物，胜利后来收复区办接收的人物，以及带罪立功的某种人物，岂不是恰恰如烧饼歌，不必注解也明明白白？至于在陪都，或首都卖酒醋的，虽不闻发大财，但在某院长时代，穿老棉鞋棉袄坐庄号卖酒醋的同乡，入国家银行的实已不少。更有意义的，或者还应数一些读“子曰”的仲尼弟子，平时道貌俨然，常用“仲尼不死颜回复生”方式于师生间此唱彼和，随时随地作传道统非我其谁的宣示。时移世易，即暂时放下东方圣人不语怪力乱神之旨，将西方活佛一套秘法魔术，拿来使用，先于夫妇友朋间宣扬赞叹，旋即公开为人画符念咒，看鬼驱魔，且不妨定下规章，酌量收取法施，增加银行存款。有江充马道婆行巫蛊之利，而无造谣惑众灭门焚身之忧。较之卖酒醋少用本钱，杀人放火少担恐惧，亦可谓深明“易”道矣，这种知识阶级和应声虫关系不多，和磕头虫却有点渊源。因红衣大法师所有秘法，必由磕头万千而传也。如有人眼见昆明方面大学教授男女留学生向西藏法师磕头情况，必对“人生”和“教育”引起一极离奇的感印。

历史循环虽若莫须有，历史复演则在一个历史过于绵长的国家，似乎无从避免。无怪乎饱读旧书的吴稚老，总说旧书读不得。其意当不在担心有人迷醉于章句间，食古不化，不知现在为何事。或许倒是恐怕有些人太明白现实；将诸子纵横之术，与巫蛊媚惑之方，同冶一炉时，这个国家明日实不大好办！

给一个女人

××：

来信说到你的朋友满有主张的去作姨太太，许多人都同我谈到这件事，各有各的意见，都问我是什么意见。

你是聪明人，为什么也说到这些？一个大学生做姨太太，难道就污辱了你们女子全体吗？别以为十年教育就可以使一个人把一千年的积习除去，你这奢望是不合道理的。现在学校教育告我们女子的，不是去否认那些“特权”，（许多人都承认那是权利！）反常常是暗示我们如何去得到那些特权，享受那些特权。你注意妇女问题，与其去研究太太们的事情，不如注意一下娼妓。南京据说已经没有娼妓了，这问题好像不适于你的研究，但一些“娼妓意识”，如何存在于女子生活里，你的事业一定能给你许多机会去发现它的。

信我的话，莫再为一个人作姨太太而难过吧。若这事真如你所说，是这时代女子的羞辱，那么，你去注意一下那些无数行将卖身或已卖身的人，她们值得你注意的还很多。疏忽了一般现象，只把一二在社会上稍有身分的人的行为，引来作话柄，这是新闻记者的事。因为庸俗需要这些，一个记者就供给这些材料。至于你，却不应当像一个记者的神气，来谈到这些的。你教了六年书，自己又读了十年书，难道还不知道“教育”是什么意义？做一个完全的公民，从大学校里还不能学到，为什么你期望那么苛，把若干年来女子卖买的习惯，就想从几年学校教育完全废去？

还有，我说，你别生气，你所受的教育，使你对于这点事也感到纠纷，这就证明你学的不甚适合于学校以外的天地。你自己忘了端午节的日子了，可是许多人到了那天，还一整天不作事，大吃大喝，家里有小孩子的，也多数极欢乐的穿了新衣，被强迫在额上用雄黄画一个王字。你不知道许多作父母的人的心事，也不知道许多作儿女的心事，这是你疏忽了你生活以外世界的原故。

莫说这个，拈出另一个题目来谈谈吧。

×××也嫁了又离了吗？这并不出奇！这是属于她自己的，没有旁人的分。她愿意如何处置她自己，别人置喙全近于废话。她觉得那个男子可以使她快乐，就嫁给他，到后发现了那男子不好，又遇到自己以为更好的男子了，就另外重新来改换一下。凡是这一类行为，她有她的权利。她能够这样自己爽爽快快处置自己到她满意的生活里去，比起许多女子无意中被男子欺骗了一次，就依赖这男子一世，可尊敬多了。×××她被女人骂她，这只证明女子都是为了男子的方便才能生存的证据，骂她的女人或者比她实在还更无耻。端静自好是女子的美德，但倘若这个人，在生理一方面，她需要得比平常人更多的热情，正如她的饮食分量一样，她因为这点理由，选择了两次三次，多同两个人接近，她不能算是不道德的。××吃酒很多，我们都称赞他的量大，没有人说他不道德。×××如今却被她的同学说是不道德的人，试想想那一群骂她的女人，涂满胭脂的嘴唇，说闲话够了，吃东西够了，是不是在另一种机会上，还能断绝过一个她所心爱的男子的接吻没有？

忠于自己，觉得自己生活的尊严，并不是胆小如鼠洁身自好苟延日子了事。一个好女人，在现在一种社会制度的估价上，一定是一个“忠于丈夫”的人。可是你明白，许多男子根本就不配说是“好丈夫”的。即或××的丈夫，他是一个完全的人，如一桌完美的席面一样，他的女人若不欢喜他，自己走了，赴另外一席，也不是不道德的。×××现在在友人中的孤立情形，我很同情她。我觉得骂她的女子，就正是一群自己不明白应当怎样活下的女子，骂她的男子，则更其见得无聊。因为每一个男子，都愿意在"幸运中"得到一个好女子，凡是同他们幸运有妨碍的事情，当然不同意的。女子的"性的自决"，将使许多男子幸运不能长久，所以男子反对这件事更多，那些骂她的女子，不过是以男子意见为意见的人，你不能不承认我这个话。

××，你也是女人，由于男子自利而成立的道德基础，是许可你惑疑，不应当如一般只想嫁一个教授了却终身大事的老同学才对的。

在两性生活上，女子也有拣选的权利。同时她还可以得到一些机会，补救她已成的错误。这些特权素来属于男子，为一个男子使用时，我们在习惯中从不惊讶。女子若并不觉得自己是一件东西，却以为自己也是一个人时，她的作人的证据，是看她能不能使用她自己这一项权利的。

…………

××

（这信给××的一个女人）

致昌期先生

昌期先生：

从上海转来一信，谢谢你见嘱好意。你说苦闷，这并非你个人如此。全中国人民都在苦闷中，国家对于这个问题尚无具体办法，强有力政治集团，一触及此问题也显得束手，何况我这么一个平常人！倾全国各方面贤达，加上个来自国外的和事老，商议经年，还得不到任何结果，末了终不免用战事解决。你和其他人却以为我既然是个作家，就应当怎么怎么，若不怎么怎么，即必然又相反的在怎么怎么。这正证明我说的一部分人对于“作家”看法的错误，期许的过实，以为某一政党、一武力集团办不了的事，某一作家的一支笔，倒可旋乾转坤。因为不大分析事实，也就不大明白作家。对作家期望既殷，责备自严。就我所见说来，国家的困难，原因复杂，武力滥用到无从节制，实为主因。你既明白能否定这一点，当然得承认这个国家明日的转机或进步，还要靠知识，正因为面临着的一切问题，全是要知识来解决的。政体可能如彼或如此，至于国家能否真正重造，却在这个国家关于科学和其他方面保有多少知识，以及对于知识是否尊重，能否好好运用为准。这就是我过去那个小文中，提及社会各方面不宜于对作家过分看重，应将期望与尊重转给在学校研究室与社会各方面工作有成就的专家本意。一个作家或一个平常人，真正对国家重造有热爱和认识，决不会觉得这意见为迂腐的。人生如战争，这是一句老话，可待重新诠释。你既觉得带一支美式冲锋枪上前线去杀本国人民，在任何方面都没有可兴奋骄傲处，才脱离了本来职务，新的战争所带来的课题，待你去执行，第一件事自然便是学习来克服面临种种困难。因此到处碰壁，到处不免有挫折，都是必然的。可是看远处！只要能够向远处看，世界上有多少有良心的人努力的方向和采用的态度，就会觉得在任何情况下，不至于失去你活下去做人的勇气与信心了。参加堕落民族消耗国力的战争，你既完全否定了它，且觉悟需要于流血以外去寻觅解决这个民族悲剧的延长，这寻觅工作，自然应当从征服自己一切贪得与自私起始，对于人，对于事，永远需用一个崭新态度去实证的。这正是一种新的人生观的确定问题。你肯定了它时，得“由此出发”，不是“到此为止”。前面还有好一段路，路上已荒芜异常，且多虫蛇当道。你得想法通过，不宜迟疑退却。唐三藏取经的八十一难，虽是个小说故事，却与当代人求人类共同生活合理与公平的努力所遇到的种种试验有个偶然暗合处。得经长期试验，在每一段过程中，还应当记住悟能兄因占小便宜而吃大亏的教训。不学知识分子从世故中贪小便宜，不阿谀谄佞，你才可说当真已经有了个新的生命，新的信仰。

关于学习

昭明先生：

关于学习问题，你要一点浅俗意见。你说你欢喜文学又太欢喜玩了，就照你说的“玩”文学方法，看看玩的是什么也很好。

提起玩我们很容易联想到“玩票”。你说得对可并不透彻。

梅兰芳或谭富英唱戏，大家都承认他唱得满好。我们想在业余意味上学之时，就从事“玩票”。学习上虽标明一个“玩”字，和职业艺员不同，可是玩到后来要拿得出手，在自得其乐以外还想得他人承认，都明白必需自己狠心下苦功夫，好吊嗓子，学身段，以至于……用极长时间兼有极大耐心，以及那个无可比拟的学习热忱，慢慢的来摸索训练，才可望得到一点点成就。然而到结果，这还不过是“玩票”！

另外是溜冰，更近乎业余游戏，比踢球简单方便。不必和他人共同协作，只要你自己会好好控制四肢，短期间即可得到参加的愉快。可是要想作个什么国际选手，就依然必需深入三昧，造诣独臻。初次上场时，三五步基本动作，可从他人指点提挈得到一点帮助。至于要达到庖丁解牛，心领神会，无往不宜境界，学习情形，将依然回到“虔敬”“专一”“辛勤”三点上；即是古人敬神如在左右那个“虔敬”，古人学琴娴眼熏目那个“专一”，以及老老实实肯定承认勤能补拙那个“辛勤”。溜冰依旧不容易，求技近于道得费多少心！

但在“玩”字上也有只要为人秉性小小聪敏，略经学习，即可得到进步，玩来十分省事的，即年来社会较上阶层流行的“扑克牌”和“交际舞”。等而下之自更不用说。这些事从各方面情形看来，都好像可以不学而能。我决不怀疑有些人这方面的天赋。但想想，上层知识分子由于分工而兴趣隔离，又由于苦闷又必需交际，友谊粘合，来往过程，若已到竟只能用这个王爷皇后桃花杏花纸片儿交换猜谜游戏上，把其他国人船上水手或小酒店中小市民层的玩具，搬到中国交际社会，成为唯一沟通彼此有益身心娱乐点缀物，这个上层的明日，也就多么可怕！我们是不是还能希望从这个发展下有伟大的思想，伟大的人格，……哲学或艺术？又看到另外一种伟人在什么舞会中陶陶然样子，以及牌桌边“哈鸡”下注的兴奋神情，总不免有点使人悲从中来，对这个统治层完全绝望。这两个阶层到处有好人，并不缺少真正学问和明朗人格，我们得承认。可是，他们玩的习惯方式，却依稀可观国运，见出民族精力的浪费，以及一点愚昧与堕落的混和。从这个玩的趋势上，还可测验出这愚昧和堕落能生长，能传染，在生长，在传染。你是不是觉得这种玩玩和国家兴亡相去太远，无从连类并及，还有点相反意见？

这里到了一个两歧路上，看你准备向那一个方向走去，应当问问你自己：你要玩什么？且预备什么样一种态度玩下去？你要写文章，这不用说了。可是打量用作第一流票友学京戏方式玩下去，还是用搭桥哈鸡跳交际舞意识情绪玩下去？你若嗓子本还好，唱京戏玩票，摹仿话匣子自然容易入门。可是想要综合前人优秀成就，由摹拟入神进而自张一军，纪录突破，能上台还不成，必需在台上还站得稳，真有几出拿手杰作听得下去，这必需要如何用心才做得到！虽然玩票的中材下驷，在同乡会或某校某院等等游戏会彩排清唱时，照例都容易博得满场鼓掌。若用“上司”身分出台，必更加容易见好。（有些人即仅仅装作在唱，做个姿式，毫不费力随意丢了两个解手，还是同样有人送花篮，拍掌，末了还写批评恭维一大阵！）可是这么唱戏那会有真正好戏？这那里算是唱戏？一切成功都包含在“打哈哈”意义中，本人毫无希望进步，对于戏的总成绩更不会有什么真贡献，是明明白白的。现代文学的发展，也有个类似情形。

人人说这是个现实时代，能适应为第一义。一个新作者善于适应，似乎即格外容易露面，容易成功。一个成名作家善于适应，则将成为“不倒翁”。不倒翁的制造我们都明白，特点是上面空空而下座落实，重心不在自己头脑上，所以不必思索，亦可省去思索苦痛。造形上虽稍见滑稽，但实具有健全意味。不必思索是他的特点，现代人因思索得的痛苦也可免掉。如果时代趋势又已到不甚宜于人用脑子从思索上提出意见时，这种健全性对于许多人必更加见得重要。（只是在文学史上，这种作家却不能算数。）另外还有一种作家，即守住一种玩票陈旧规矩，把学习从第一步到终点，当成一个沉默艰苦的长途跋涉。憨而且戆的把人生历史一齐摊在眼前，用头脑加以检讨，分析，条理，排比，选择，组织，处分。这个民族近数十年的爱和恨如何形成，如何分解了这个国家人民的观念和愿望，随后便到处是血与火泛滥焚烧，又如何造成万千的牺牲和毁灭。一切都若不必要，一切都若出于不得已，如此或如彼，他都清清楚楚。正因为认识得格外清楚，他将重新说明，重新诠释，重新为这个民族中真正多数，提出一种呼吁，抗议，并否定，让下代残余活在这个破碎国家土地上，可望稍稍合理些，幸福些！且由此出发，还能产生一些政治家，思想家，艺术家，事业家，敢于接受一种新的观念，头脑完全重造，从各种专家，公共卫生或生物化学……等等专家，用一切近代知识技术来处置支配这个民族的命运，来培养更小一代，发展更优秀品质，将国家并世界带入一个崭新的真正进步和繁荣，……说得明白简单一点，一个作家还能作许多事，只看你打量怎么样去作。你要“玩”，你在这条歧路上向这边或那边走去？这里没有左和右，只是诚实和虚伪，沉重和虚浮，工作和游戏。两条路正在面前。与其向我来问路，还不如先弄明白你要走的是什么路！是学搭桥，哈鸡，跳那个文明交际舞，即以为在努力接受近代文明，日子过得十分愉快？还是玩点别的。并用另外一种心情来学习来从事。

你可敢把学习从最小处起始，每个标点都用得十分准确认真，每个字都去思索他的个别性质和相关意义，以及这些标点文字组织成句成篇以后的分量？你可敢照一个深刻思想家的方式去“想”，照一个谨严宗教徒的方式去“信”，而照一个真正作家的方式慢慢的去“作”?

面对这些问题，你可相信人生极其复杂，学习的发展，并不建立在一个名词上即可见功，却在面对这个万汇百物交错并织的色彩和声音、气味和形体，……多方人间世，由于人与人的固执的爱和热烈的恨，因而形成迸发与对立，相引与相消，到某一时且不免见出一种秩序平衡统统失去后的现实全盘混乱，在任何弥缝中都无济于事的崩毁。在这个现实过程中，许多人的头脑都已形成一种钝呆和麻木状态，保护了自己的存在以外别无枨触。到一切意义都失去其本来应有意义时，一群有头脑的文学家，还能够用文字粘合破碎，重铸抽象，进而将一个民族的新的憧憬，装入一切后来统治者和多数人民头脑中，形成一种新的信仰，新的势能，重造一个新的时代一种新的历史?

你先得学习“想”，学习向深处远处“想”。这点出自灵台的一线光辉，很明显将带你到一个景物荒芜然而大气郁勃的高处去，对人类前进向上作终生瞻望。

你需要学习，应学习的实在此而不在彼。话说回来这还也是一种“玩”！为的是玩到后来，玩累了，将依然不免为自然收拾，如庄子所谓“大块息我以死”。先得承认它的对于个体处分的合理，才会想得到现代活人自己处分自己为如何不合理，如何乱糟糟，如何有待于思想家、文学家、艺术家共同来重新组织一个世界。而你的工作，也可从这个方面选取一分相当沉重的什么到肩上，到手上，到灵魂上！

文学与青年情感教育

近年来从高考试，留学考试，大一考试，高中毕业会考，各方面出的国文题目中，以及有些考试暗示中，都让我们好像嗅到一点特别空气，即古文的重视。但事实上却又似是而非，正和伟人欢喜和人谈佛学易经一样，不大接头。因为从学术立场来看，最理解古典文字价值和性能的，应当教国内治古文学的专家，这些人的研究报告，即很少还用古文发表。他们且一定明白会不会写古文，对于理解古典接受传统文化实无多大关系，所以近二十年在国内研究文史贡献最大的北方的几个大学，就从不鼓励学生作古文。至于从政治立场来看看，当前一切新政的设计进行的文件，似已即少用古文。纵有些地方，比如香港地方或某种教会学校，还正式禁止学生学习。看。作白话文作品的布告和其他文件，就常常要用纯粹语体文写成，也可知古文用不通。原来古文的俨若受重视，只限于政府各级会考上，以及少数的学校中，与其余完全不相干。因之这种受重视的情形，给人一个奇异印象，觉得这件事有点近于不可解。受重视的结果，既不能增加一般阅读古典兴趣，更无望提高他们写作古文能力。除却使出题者从受试者窘态上，感觉一点虐待狂的快乐外，可说毫无所得。

当前四十以上的知识分子，谈起三十年前对国家比较进步思想，对个人比较开明的态度，受影响最大的，实在是梁任公先生那种半文不白的文章。那个新文体的运用所发生作用的广泛，即任公先生本人也未必能想及。只因为这个工具的运用，当时限于任公先生个人，不能引起一个广泛的学习运动，因之辛亥革命成功后，大家的注意目标，即一致转移到任公先生笔下所常道的抽象约法和具体议会，不认识这个工具本身单独存在的重要性，结果是袁世凯做了皇帝。袁世凯的死，虽说是起因于一个蔡锷起兵护国，过不久，实力派都掉过头来响应，因而气倒。但使这些拥兵自卫割据称雄的都督将军，从默认到否认，从否认到反抗，拒绝了封王封公的爵禄，觉得中国不应当再有皇帝，任公先生的一支笔，从新再用，写的那些文电，还是大有关系。

五四来了，书呆子的对国家重造幻想，起始在年青人情感中发生了影响，其次在年青人行为上有了表现。行为虽留下个深刻动人印象，可并不能持久。接着还是将文字作“工具重造”运动，广泛试验和研讨，到一年后即得到国家认可，国语白话文由部定作为国民教育唯一工具，新文学因之才会普遍而广大的作用。至于这个工具从报章杂志对于一般人（尤其是大中学生）所发生的影响，如何有助于革命势力的重振，有助于北伐前的种种便利，一个身经其事稍微注意这个过程的知识分子，必然明明白白。北伐成功后不久，随即有政见上的分裂，几回清党十年内战牺牲了万千青年和壮丁。试追究因果，即可知实由于“思想”分裂而起。涉及抽象的思想，就使我们不能不承认毛病出于文字上的第一回疏忽。在民九左右，书呆子用文字所表现的社会重造设计，无从好好的配合政治设计，即发生分歧，当时无人注意，因之种下恶果。到文字在多数人情感中生命中泛滥发酵时，产生那么一个现象，有心人即想用别的方法来补救，已来不及了。

民十八后这个问题似乎从痛苦教训中，大家都有了个较新看法，在朝在野的双方，才来着手经营新文学，争刊物，开书店，办副刊，喊口号，提出与政治有关的文学运动主张和目标，企图使白话文中的文学一部门成就，成为政治之一翼。然而结果却并不怎么好。由于两方面理解这个问题都不够深刻，属于左翼则显明只要用来作工具，点缀政治场面，真正的武器还是看中了那个枪枪炮炮。作家在这种事实下，自不会如何特别成就，经耐久试验。属于政府且更说不上。稍能执笔的都升了委员，主持这部门工作的既无能力又少知识，因此直到战前一年为止，一切活动并点缀性也谈不上。这从当时商业与政治对于这个问题的投资比较也可看出。当新书业已成为一种企业，新出版物的投资且已到数万万元，这笔资本所发生的作用，使得云南甘肃以及东北边省中小学也无新书报流行时，国家为这个事花的钱，每月就还不到三五万元。然而新文学运动却依然在泛滥，由学校而及于社会，不仅巴金茅盾一时节成为国人所熟习的名字，且进而刺激了内地中小学教员学生，不断有新作家新作品产生，这不能不归功于一件事，即廿年来使用这个工具有以自见的，无不起始即抱定一种宏愿与坚信把这个工作当成一种事业，并非职业，并明确认识，必须从试验中探讨，牺牲大于获得，充满勇气来从事，从商业与政治两种势力挫折困辱中挣扎而出，才有那个情形。这也就是直到当前为止，还有大部分作家，觉得在文学运动中，和政治不关联，反而可以使其自由独立健康发展的一个原因。

抗战发生后，政府方面为此问题虽花了点钱，对于这问题也好像有了个较深刻的看法，其实一切还离不了点缀，努力作来结果又照样并点缀效果也得不到。某一时在国内后方数省，似乎到处都可听到人在使用“文化”二字，事实上呢，八年中就不曾听说有个什么年青作家是由文化什么会鼓励扶持而产生。有个什么成名作家，从立法上得到帮助，取得个人应得的生活。教部的学术奖，每年像是照例要点缀点缀各方面，教育部的最高当局，就决不会还想到就中有一本《逻辑学》，曾被指定为国内大学应采用的教本，已十多年。当这个书在某些地方已卖到数千元一册时，作者数年版税的总数，还是法币九元七角五分！文化文化，原来我们就活到这么一种现实文化空气中！奇异的是即活在这种文化空气中，居然还有人写作，把它当成一种无收成的石田耕种下去。工作上庄严感始终未失去，还是紧紧的捏住手中那支笔。其所以能够如此，原因是这种人他明白，现实尽管如何要不得，他的对面还有个“读者”。年青人从近二十年养成的社会习惯上，大部分是用新出版物取得娱乐和教育。一个优秀作家在年青读者间所保有的抽象势力，实际上就永远比居高位拥实权的人还大许多。现实政治聚万千人于一处，名为关心多数争城争地所建树的功勋，即远不如一二书呆子对多数所具有的信用来得可靠而持久。在这个问题上，让我们明白一件重要事情，即语体文中的文学作品，于当前或明日的“国家发展”和“青年问题”，还如何不可分还可能起些什么作用。政治上的浑沌，若还将继续下去。清明合理一时无可望，凡有做人良心的文学作家，游离于争夺以外，如何近于事势所必然。

一周间给五个人的信摘录

甲

不要为回忆把自己弄成衰弱东西，一切回忆都是有毒的。

不要尽看那些旧书，我们已没有义务再去担负那些过去时代过去人物所留下的趣味同观念了。在我们未老之前，看了过多由于那些老年人为一个长长的民族历史所困苦融合了向坟墓攒去的道教与佛教的隐遁避世感情，而写成的种种书籍，比回忆还更容易使你“未老先衰”。

乙

大概人是要受一种辖治才能像一个人。不拘受神的、受人的、受法律的、受医生的、受金钱或名誉、受过去权威或未来希望，……多少要一点从外而来或自内而发的限制，他才能够好好的生活下去。“奴性”原是人类一种本能，一个人无所倾心，就不大像一个人了。

失恋使你痛苦也是当然的事，就因为这是你自己选定的主人。这主人初初离开你时，你的自由为你所不习惯，所以女人的印象才折磨到你的灵魂。觉得痛苦，就让它痛苦下去，不要用酒或用别的东西去救济，也用不着去书本上找寻那些哲理名言。酒只是无用处的人和懦弱的人才靠到它来壮胆气的东西，哲理名言差不多完全是别一个人生活过来思索过来后说出的话语，你的经验，应当使你去痛苦，去深深的思索，打发一些日子。唯一的医药还是“时间”。时间使一个时代的人类污点也可以去尽，让时间治疗一下你这个人为失去了“主人”、因理性与感情的自由而发生的痛苦，实在太容易了。

丙

你来信尽提到作家，不要羡慕那些作家，还是好好的作你的物理实验吧。

一个写小说的人算什么？他知道许多，想过许多，写了许多，其实就永远不能用他那点知识救济一下他自己。他的工作使他身心皆十分疲劳，他的习惯罚他孤单独立。……他自己永远同一切生活离开，站得远远的，他却尽幻想到人世上他所没有的爱情和其他东西。他是一个拿了金碗讨饭的乞丐，因为各处讨乞什么也得不到，才一面呻吟一面写出许多好梦噩梦到这世界上来。一个健康人的观念，对于这些人是只有“怜悯”的。

丁

决定一个民族的命运，是能用思索的人就目前环境重新去打算，重新去编排，不是仅仅保守那点遵王复古的感情弄得好的。

与其把大部分信仰力量倾心到过去不再存在的制度上去，不如用到一个崭新的希望上去。

不要因为一些在你眼前的人小小牺牲，就把胆气弄小了。去掉旧的，换上新的，要杀死许多人，饿死许多人，这数目应当很大很大！综合成一篇用血写成吓人的账目，才会稍有头绪！

戊

一个女人本来就要你们给她思想她才会思想，给她地位她才有地位，同时用“规则”或“法律”范围她，使她生活得像样一点，她才能够有希望像样一点！

女子自己不是能生产罪过的！上帝造女子时并不忘记他的手续，第一使她美丽，第二使她聪明，第三使她用情男子；上帝毫不忽略已尽了他造人的责任。可是你们男子，办教育的，作丈夫的，以及其他制香料化妆品的，贩卖虚荣的，说谎话的，唱戏扮王子小生的，缝衣的，发明鞋了帽子的，……却把女子完全弄堕落了。

廿一年八月

给一个在芒市服务的小学教员

李豪先生：

谢谢你远道来信，对这里人生活关心。昆明市区虽一再被炸，城中房屋毁去很多，读书教书的熟人精神都还好。上次学校被炸时，有几个同事险被活埋，有些同学住处全毁掉，第二天还是照样上课。芒市应当快到××了。在我想象中，你们过的日子一定相当艰难沉闷，虽艰难沉闷，可并不颓唐。这就是中国新生的一闪光。在各样职务各样生活中，我们到处都碰到这种可敬可爱好朋友：一面就他的耳闻目睹，知道国内许多使人痛苦的事情，一面却在哺糟啜醨人群里，独自对国家远景倾心，做人诚朴而坚实，与社会习惯奋斗。这也正是一种战争！虽免去断胫流血，能持久不懈，真不容易！你要书看，过不久当为你想法寄些来。这里书也越来越稀少，不大容易得到了。一折八扣的选本卖到一二元一本，著作者实无能力买自己的书，正是必然的事。负责方面对学术事无计划，商人又唯利是图，因此市面上流行的当然不是书籍，多是日用品和不必要奢侈品，一年来市面不同处，只是多了许多小食店和小茶馆，其次是大小杂货店都可以买到扑克牌。古人说，“见微知著”，从这些东西你可想见留在这个都市中人，一定有许多是用吃点心喝茶方式消耗他每天的有用生命的。多数人在某种闲散生活上也不必用脑子，因之养成用胃的习惯，聊以解嘲地说，这习惯自然也可以说是在繁荣都市，且当真繁荣了都市了。钱多事少的办事员，和某种暴发户，自然还有更多稀奇古怪开心取乐的方法，一言难尽。至于知识阶级，教授中如所传闻的艰难窘迫，过日子如“黔娄先生”，家中孩子吃烧饼必需限制数量的，固大有其人。然而活下来莫名其妙，过日子从从容容，把玩扑克牌当成一种高雅娱乐，消磨他有涯之生的，恐怕也容易见到。看他们在公共地方（有时说不定还是他们的研究机关），神气兴奋旁若无人的玩牌神情，总令人十分痛苦。这些人过的日子，去腐烂堕落只相差一间，与你所羡慕尊敬的人格，实在相去太远了。对他们你应当把“羡慕”变成“轻蔑”，“尊敬”变成“怜悯”。这些人间或写点文章，告你们这样那样，也不过骗些零用钱花花罢了。事实上他们真正的兴趣，是在麻雀牌或扑克牌上头的。把他们所追求的低级娱乐和你们在边地服务所追求的崇高理想对照，不仅你们人格伟大得多，生命显然也庄严得多！这些人到外国去读的虽是第一流书籍，生活方法却常常学第三四流式样，你对他们“迷信”，正说明你对自己工作还缺少“自信”。这种人对当前中国忧患毫不关心处，说起来有时竟到令人奇异程度。原因也简单明白，这些人在欧美可作一良好公民，在中国便近于一个废料。

你不要因为职务卑微就感到自卑，不要因为事情平凡就感到自轻。国家正在苦难中挣扎，凡有做一个中国国民良心和气概的人，总都明白要国家从困难中翻身，得忍受个人那一分不可免的痛苦，虽事事受挫折，却不丧气，不灰心，更不取巧为个人出路担心或分心。一定明白个人出路得失问题小，民族兴衰国家存亡问题大。个人生活好，对国家存亡必充满热忱，个人生活不好，也不会消沉堕落，把自己缩小成为一个零，“无所谓”地混下去。他只要活下来一天，就总得像个活人。是活人，就不会无所谓活下去！有些人甘心为虎作伥认贼作父，不知羞耻地在沦陷区作这样那样，即出发于活下来那点“无所谓”气质抬了头。然而凡是为虎作伥的，坏处分分明明，有目共睹，人所不齿。这些人若清夜自思，也不免觉得有愧于一个“人”字（第一号汉奸郑孝胥死前就有这种表现）。至于另外一种读书人，活下来对国家“无所谓”的人生观，试稍稍注意一下他的影响，真未免可怕！我们战争工具长时不如人，打两回败仗，还不怎么要紧。若我们气概不如人，前方战事未失利，后方读书人精神上即见出败北趋势，你想想看，这个国家明天怎么办。若知识阶级中有一部分人，脑子极不健全，行为马马虎虎，这些人或当前在为人之师，或当前在作高级公务员，凡是他们所在处，就有麻雀牌或扑克牌。个人或受国家供养培植前后将近二十年，到这时感觉专门知识难与战事相配合，好像战争只是五百万人放枪放炮的粗事，与自己毫不相干，生命俨然别无用处，就用花骨头和花叶子来耗费它，你试想想看，这个国家明天当真怎么办。这种不振作的现象，虽只是少数中的少数，也够可怕了！很可恼的是若有人提起这个问题时，这些抱定“无所谓”人生观的读书人，照例还会装作洒脱、聪明而又痛苦不过的神情，“国家到这个样子，全是过去的政治不良，不关我的事！我难受，我能做什么？我不玩牌将更难受！”或者且恼羞成怒，“你以为你一个人对国家热忱，你去‘爱国家’好了！我玩牌并不犯法，比贪官污吏好得多！”这么一来好像事情就完了，于是一切照旧。昔人说，

“哀莫大于心死”，指的便是这些活人作死计的现象。所以这种“无所谓”的人生观，也正是吴稚晖说的“人死观”。在个人受肉体受疾病摧残或自然限制死去以前，先用懒惰自杀方式僵硬那颗心，腐烂那颗心。更可怕的是这种“人死观”的特别传染性。本来是少数，在三缺一的凑数情形中，即可渐渐成为多数。你说的大学停办消息，似不大可靠。不过如果国家最高负责方面，能察觉到大学教育，年来有专为银行公司训练小事务员趋势，社会习气又正影响到许多年青读书人，以从大学毕业站银行柜台认为“有出路”，教书人且可能有百分之几抱定“人死观”，用极少热忱教书做人，用极大热忱去玩牌寻开心，在那里等待战争结束，等待自己生命结束，因此由国家设计，把大学停办一二年，试一试使用这些大学生到别一方面去，不管结果如何，至少“人死观”的传染性总可遏止一下，目前由军事专家观点说来，国家组织难适应新的事变，人民知识又一时难运用新的工具，所以把全国大学停办，把大学生全部放进军队，未必有助于整个战争，不过变一变读书人生活方式，把长于玩牌的专家，通通送到社会各方面去见识见识，让他们明白一下中国人当前是怎么过日子，对明日建国，损失究竟少，成就实在多。大学若当真停办若干部门，正说明国家最高设计方面，已看出了这种因循成习不生不死教育制度有毛病，有问题，在试验中求解决，且具有勇气来作改造打算，在你还能留在边境服务时，实用不着担心升不了学。你身边有的是待你教育的更年轻的一辈，得把这个民族近二十年来在侮辱和压迫中挣扎，以及挣扎中逐渐恢复的自尊心和自信心，从各种方式注入到他们年青纯洁的血里去，好让他们明白，这个国家的明日，是需要更多的身心健全的年青人来努力，方可望有转机的。打胜仗后想翻身，就得每个人把所有智慧和能力粘附到“国家”上面去，方有好结果的。你活下一天，就得好好地尽职，不幸倒下去，死了，烂了，完事了，就等于多出一个五尺来宽空地，让更年青勇敢的小朋友填补上去。个人可死去，必死去，国家民族却不能灭亡！更不应该把四千年来祖先刈草焚林开辟出来的一片土地，和生息到这片土地上朴实耐劳的五万万人民，凭它断送到少数民族败类，和少数顽固、糊涂、自私、懦弱、读书人的消极颓废行为中！想法把这个国家重造，若包含的是这个民族生活态度和思索方式的重造，据我想来，这件事并非几个做大官的用法令奖惩即可见功。目下无名分的个人，真若有做人勇气和雄心，似乎还未到学无可为束手待毙的时节，你当前工作虽十分卑微，工作意义却实在重大。能坚忍强毅毫不含糊地去面对当前困难，虽不是和狡诈贪狠的敌人作战，实俨然与“民族积习”、“社会弱点”作战。若能经受得住任何挫折，也不逃避变质，永远照所信所守支持下去。日月流转，人事亦必然因之有新陈代谢，如此做事对国家有益无益未可知，然如此做人，总还像个“人”！“楚虽三户，亡秦必楚”，三户何能亡秦？所以能亡秦，应当是这种做人的气概，你想对不对？但愿安佳。

三十年十二月，昆明

逛厂甸

我初到北平时，距蔡孑民先生谈美育已六七年，国立美术专门学校也早成立。但学校圈中多数人对美术爱好，似还和传统习惯相差不多。会玩的玩玩四部板本，金石拓片，或三五件字画，一点小件陶瓷，几方端砚，一二匣墨，即已近于风雅。办美术教育的，也还是用绘画作主体，其余系类都近于点缀。最大毛病即有教师而少设备，直到如今还是这样。记得最初过年，是在一个表亲家中。去到那里时，有两桌麻雀牌正在进行，热闹得真像"过年"。客人既多，自己生活情况正极劣，实在又羞又怕又无聊，所以就只装着微笑，勉强在玩牌的主客身后看了一会儿，便走到客屋佛堂中去观光。描金佛像面前罩有红缎面围桌的供桌上，焚了一炉香，有一点水果供品，还有些点缀主人生活情绪的经文。桌前放有一片小小方地毯，预备主人玩牌厌倦，或因别的什么事兴奋以后，来念念经磕磕头。一切都像是很完备调和。但给我印象最深的却是墙壁上一幅字画，瘿瓢子黄慎画的《琵琶行》，并用草书把“浔阳江头夜送客”一诗全部写上。字体如酒杯大，已写满半纸，却留出一点空间，画了个老妇人把卷读诗，大约用心在“妇孺都解”意思上。瘿瓢画本不甚高，字又有格无笔，惟这一幅墨色淡淡的，设计却相当巧妙，字也特别好。近三十年了，留在我记忆中印象还十分鲜明动人。那亲戚来佛堂上香时，见我在画前发呆，就告我画是逛厂甸六元钱买来的。欢喜看画厂甸画棚里还有些东西可看。过三天，我当真就成为画棚中观光者一员了。

厂甸全盛时代，当在清季乾嘉之际，和灯市相同，前人笔记虽常提到，真实情形已不可知。正如《东京梦华录》《梦粱录》等书记宋代开封临安生活景象，及大相国寺买书访画情形，都已成隔世事，只可想象仿佛，不仅《玄览篇》记明代灯市买小米钱选画已无可望，即晚清庚子以前画棚灯市所见，我们生来太晚，也无福气享受了。

我看画棚既然是民十以后事，所见到的当然可说已不成样子，但是这种画棚从铁道线前起始，却一直延长到路底。看画的一钻进去，跟随个什么不相识老人身后走着曲曲折折路线，一路听他指指说说，有时还停下来接受相熟掌柜的一杯热茶，（那些茶大多数还是从带棉套旧式保温壶中倾出的！）沿路稍稍停顿，就要花费两点钟时间，才到尽头。此外还有路两旁的书画杂物摊，古物杂会，只除了“南京沈万三的聚宝盆”，此外似乎什么怪东西都还可发现。琉璃厂每家古玩铺，从掌柜到小伙计，新年中照例都换上了新衣，在门前迎送主顾，或相互串门打千拱手拜年。虽已不如邓叔存先生所说光景，民初元二两银子可买宋元黑片花鸟故事，令人歆羡，然而也还保留一点旧习惯，铺门前触目处，尚可看到些带故事性或象征新年吉祥多福的玩意儿，明清人仿苏汉臣或钱舜举的货郎担，婴戏图，普通苏州人仿仇英仕女游春图，秋千图，龙舟图，廿来元成交的货，还很看得去。至于清邹一桂的天竹如意，金廷标的八骏马，唐岱拟赵千里的青绿小幅山水，画棚中十元八元作品，货色已极整齐。明清之际名头不大的扇面，二三元随手可得。从乾隆到慈禧，新年赐福的二尺大御笔福字，二三元也可听主顾随意挑选。旧纸贡笺还是整卷出手，色色具备。海王村的货摊上，瓷漆杂器精美丰富，更触目惊人。即出于商人仿制，一切也还保存本来制作材料制度，全不像近日为美国洋兵预备的摹仿品恶劣！火神庙珠玉象牙摊子，且多分类排列。珠玉是达官豪富，老爷阔人，媚悦家中，如夫人或名娼名伶的东西，我这个乡巴老可说不出什么印象。以十来专卖象牙摊子而言，堆积于各层次的器物，其宋明款式的旧器，就触目可见，半立雕尺大件五百罗汉，或群仙献寿，牙色透红，莹洁如玉，呼价二百元，七十元即可成交，全份牙制镂花刻胡人骑猎的双陆图，全份线刻水浒三国人物故事酒令牙牌，全部西厢故事牙牌，百元以下都可到手。……一尺大明永乐刻漆碗，莹如紫玉，二十元钱即可买到。凡有工业艺术，或美术考古价值，尚少商业价值的古器物，几几乎都可以用不易设想的低价收购。

游人中则还可看见不少有发辫的逊清遗老，穿绛缎团花大袍，绵绒背心，带有荷包挂件的大烟管，携儿带女于画棚货摊边徘徊。有着旗装的王公旧族贵妇，长袍小袖，高髻粉面，点缀于珠玉宝货摊子边。海王村公园中部，还搭一临时茶台，许多人一面喝茶一面看热闹，保存庙市旧风。

若到前外或东西四牌楼挂货铺及天桥旧货棚观光，则这个二百年名城大都另外一种储蓄及毁坏，将更加惊人，有关旧朝代服制器用，刺绣……工艺品，都如垃圾堆，随意处理，彩色鲜明花样文巧材质讲究的库缎，湖绉，以及绫锦罗纱，千百匹堆积席上，五色缤纷，无人过问。（直到民国二十五六年，在东华门挂货铺中，乾隆宫纱就还只到二三元一匹，大家买来作窗纱用。）各挂货铺的杂器物，价值之贱，门类之丰富，糟蹋之多，就更不用提了。

至于社会一般艺术兴趣呢，每日报纸戏评栏正为金少梅琴雪芳或什么名花老五捧场，竞选伶国大总统，或花国大总统，许多名流用极讲究四六文写劝进表。三尺大相片，正和黎元洪、徐世昌、张作霖、吴佩孚相片同在照相馆门前可以发现。北京六国饭店外交性的跳舞会，已起始有名媛交际花参加。陶然亭于秋冬之际，照例虽还有遗老看芦花赏雪分韵赋诗，也已有新派少年，在荒冢前学少年维特，吊古伤今，痛哭赋诗，即景抒情。中央公园茶座前，却坐了无数游人，有军人，官僚，议员，部员，教育界中大小书呆子，或一家老幼，或独自一人，坐在那里剥瓜子，吃肉末烧饼冰忌淋，让人看并看人。

一般大学生的艺术嗜好，似集中于马连良、余叔岩、梅兰芳、孟小冬。蔡先生的美育代宗教学说，似因过于伟大，不免显得异常荒谬，所以北大出版部，虽印行过孑民言行录，每个毕业学生回家时，都有机会带了那么一部书回家，事很奇怪，似乎竟没一个人想到在学校来用一小笔款项，找几个好事教授，收集点东西，在本校来实证一下这个美育学说。如果当时居然有那么三五人，又有一笔小小款项，来办这件事，专收集工艺品，和民俗生活有关艺术品，三十年来的聚集，在世界上必然也可称为一个重要宝藏。至于主持美术专门学校的人，如知道绘画，雕刻，戏剧以外还有艺术，且在北平还有些什么不同学校习惯的绘画，雕刻，戏剧，办学校学生需要教育，教员更如何需要教育，能有计划，有魄力，把经费中小部分，用在收藏各部门美术品，则三十年来将更是如何洋洋大观！

但事实上社会眼光和学人眼光都似乎还无人想到这件事有何重要意义。官吏中少数人虽知于做寿办喜事时，买古董送礼，多数则不仅不知好好保持，还在破坏上作了不知道许多坏事蠢事，当时政府一切都若脱了节，财政部靠借外债弄回扣，包税收发薪。内政部靠借开辟马路繁荣市面，撤卖皇城砍伐风景树木发薪。教育部某一时也居然把京师图书馆的善本书抵押给银行，借钱发薪过年。总之，凡典守的都似乎即可自由处分，不以为奇，所以雍和宫一类地方二百年来保存的美术品法物乐器，也就大都在莫名其妙情形中，陆续成为私人收藏或送出国外。驻西苑的部队，把圆明园的剩余建筑石材和铺道石卖给附近大学时，一部分一部分抬去，及把颐和园围墙外一带大柏树砍伐出售给某寿材铺，一大车一大车装进城时，大家看来也都以为十分自然。报纸上虽提过一二次，一切事还是照样进行。

然而更大更重要的毁坏处分，还是故宫开放后那一阵，由于典守主持人之无知而自私，在一种极胡涂草率情形中，毁坏了不知多少有关历史文化工艺品！一个故宫售品所，主持人不知把重要美术品中铜玉瓷漆绊丝锦缎及其他种类有计划分门别类印成专集图录，并把字书中重要作品，分别复印。却一面零零碎碎，一切还不脱办画报形式，印点小东西点缀，另一面更借口有些物品不易保存，或无多意义，作价一律出卖。举例言，一海龙袍子或貂皮大套，当时作价不过二三百元，普通乾隆锦缎仅一元一尺。且照当时规矩，院中办事人作价后，还得先由院长选购，次由院中高级职员选购，次由低级职员，最后方轮到外人。所以东西越讲究难得作价也越贱，处分之滑稽，荒唐，真到不像是真有其事。后来虽因某某事，进而为某要人弹劾戳穿成为故宫盗宝案，然主事者在通缉令下以前，连亲带眷一跑，还是一切无事。这种大毁坏别的不提，即以明清四百年，几几乎代表五个世纪带花着色丝织物数千种，作价一元八毛计尺出售给人作旗袍椅垫，得来的钱却为的是发职员的薪水，这些典守人对中国艺术作的孽，算来就有多大！

二十三到二十六年前后，我又在北平过了四个年，看了四年的厂甸。前后相去已十余年，自然什么都不同了。显著的是字画古器物已日少，但有清二百年名公巨宦学人才子的墨迹，如曾文正、左文襄、刘墉、张照、翁同龢、潘祖荫、伊墨卿、祁隽藻等字幅，四元五元还可带回家中。明代几个书家如邢侗、王宠、王铎、倪元璐、张瑞图字条，一二十元已可得真的好货。四王吴恽作品，较多商业价值，虽不易得，然不著名还看得去的明清之际画幅，一二十元左右还可得小幅精品。金冬心查士标逸品，出至五六十元，已称高价。至于高且园，郑板桥，十元二十元只小军官照顾。晚清赵之谦、任伯年，且远不及当时萧厔泉、汤定之、萧谦中引人注意！画棚中虽已不成样子，冷门中就还随时随处可发现宝物。记得某回美展，北方出品中周养菴一幅明宪王朱有燉的诸葛武侯画像，上载《出师表》，当时在画棚曾见过三次，最初即只索价四元。某古玩铺一明永乐款径尺大雕漆碗，只索价二十元，十六元即为人买去。有人抱了尺长牙雕，五十元即出手。至东四弓箭大营看制弓时，还见到一二百雕弓排列架上，老弓手一面叹息一面工作，为的是旧弓劲强无人过问，必需改造才有洋人购买！……经改造的弓还只值四五元一张。

北平沦陷九年和平胜利后，我又回到了这个地方，成为逛厂甸在人丛中挤在书籍货摊边呆的一员了。一切都似乎还“有”，一切其实都已“无”了。去年新正半月都极冷，厂甸中生意不好做，熟人中每去一次，总还是抱一大堆书回来。书籍中尤以近二十年日本人印的有关美术考古图籍，随处可以发现。瓷漆二录索价二万时即不容易找寻售主。南画大成全套不过数万元。日本精美漆器，及高丽李王朝陶瓷，且随处可得。东单地摊上，这种东西更多精品。设有好事者或公家机构，如北平图书馆，中央博物院，艺术专门学校，以及什么特派员张三李四，知注意到这份器物如何难得，收集在一处，对于中国现代工艺又具有何等意义，用很少一笔费用，二三人到处留留心，即可接收保存多少好东西！但这工作像不是任何一个机构分内的事，就无一个人过问，机会还是在习惯上错过了。到今年逛厂甸，几个公家机构，几个学校，起始想在这问题上花点钱作点事情时，人丛中挤来挤去的故宫博物院长，北平图书馆长，和几个大学校动员收购字画百物的教授，一定将保留一个相似印象，即厂甸中最多的是大串糖葫芦，风筝，玩具，和卖吃食的，此外什么都没有了。虽然卖字画的和摆摊子的，还是有不少字画古董，却只是像为两种人预备的货色，洋兵及休假回国的女传教师。一看到这个人和头发半白的铺掌办交涉讲生意，总令人感到一种凄怆印象。文化，艺术，轮到这些人来赏玩，支持，自然什么都完了。

大家都说厂甸今年格外热闹。别的不提，只要站在和平门里面，数一数进城的三轮车自行车上颤巍巍长串糖葫芦和迎风咯咯的麦秆小风车一共有多少，即可知海王村游人如何拥挤。再过三五年，海王村那一圈古董铺，也许都应当改作糖果铺或玩具店，才够供给游人的需要，因为到那时节，军人或洋人，可能也只为买买糖葫芦和空竹来逛厂甸了。

从这个小小地方的兴衰和变迁，也可以看出这个国家的其他方面，是从什么情形下在逐渐毁灭或变质。知识分子都只在等待政治来抢救他，可不知自己也还可以在某一时抢救点别的什么。到目前，说是来抢救，似乎已太迟了。毁的已毁去，拿走的都拿走，剩下的只是一群会买糖葫芦，被日本奴役灵魂八年，又被内战蹂躏情绪二年，在人丛中挤来挤去得乐且乐的小市民，什么努力都太迟了。唯一还可以做的，也许应当是来抢救一下自己的灵魂，倘若他当真还有灵魂！

读书人

“民主政治”和“自由主义”好像已经成为一个可嘲笑的名词。它可嘲笑处因为全是“读书人”的玩意儿。读书人拈起这两个名词来作题目写文章时，一部分中国人看来，也以为只是聊以解嘲的行为，算不了什么。再加上一句旧话，“误国多是读书人”，所以在好些场合中，读书人应得的尊重，没有得到。知识是不为人所重视的。尤其是青年人，自己虽在学校里读书，却很有些人以为读书人算不了什么，书本知识不足道，知识分子对国家问题是够隔膜的。民主政治或自由主义，都是过去了的古董，只有最无用处的读书人还放不下，事实上多数人都厌恶它，再不需要它了。

话可靠不可靠且待以后讨论。

或问：为什么有这种现象？

答曰：中国问题与国际问题不可分，由于世界上现在有个俄国，有个意大利国，并且还有个德国。这几个国家政体的组织特殊，且因这种组织特殊，在世界上发生了些影响。中国是个不知向何处走去的国家，自然无从拒绝这种外来的影响。朝野都有人以为“专制”在当前立国大有占便宜处。不觉油然生向往之心。易言之，就是在朝的有人看准专制便于统治，在野的又有人认定专制便于推翻某种统治局面重新建立另一种统治局面，因此法西斯和苏维埃便成为国人心目中一种幻景。十年来的内战——政治的或文学的胡涂战，也就正是拜受这两种噩梦之赐。真能代表所谓理性发达，常识丰富，热爱和平，又极关心国家出路的知识分子，以为民主政治便于解决中国问题的人，一时间却真像是个只能读书不知其他的人，在社会已“没落”了。青年人有“没落”之惧的，照例也就厌闻民主政治，羞说自由主义。为生活寻出路，就右倾，为情感寻出路，就左倾，为语言文字寻出路，开口拿笔就总离不了轻视嘲笑不左不右的读书人。

不过十年来的内忧外患，因应付这种种内忧外患所取的步骤方法得来的经验，却证明中国到底是中国，由于历史，地理，民族习惯，种种原因，极端的左走不通，极端的右也办不好，要国家渐渐成为一个现代式的国家，最合事实也宜于理想的政治制度，还是比较包涵得宽广（能集中各方面人材合作），富有弹性（可在变动中减少大规模流血），多数专家来分头负责的民主政治。成为民主政治的骨干，实现民主政治理想的，即或不能说完全是读书人，至少可说少不了读书人。

我所谓读书人，指的是在技术上和文化思想上一切的专门家。

专家抬头的机会，就目前情形说来，似乎还早一点，尚待国人的觉悟与努力。假定专家抬头是最近的将来可以实现，从人材数量言是不够用的，待大量补充的。

这就轮到青年人的来选择了。此后爱国作人方式的选择，是依然盲目的凭情感主义和机会主义，从左倾右倾纠纷中，争夺打杀创造自己成一个“名人”“要人”“死人”？还是低下头来努力学一点真正能够增加国家力量的专门技术知识，创造自己成为一个“对社会国家有用的人”？

这选择很自由的。不过从选择上我们却可以看出一点消息，野心家，空洞的英雄主义者，病人，照例走前面那一条路，一个身心健全的国民，却必然走后面一条路——结果他做“读书人”。

谈出路

战事初起一二年后，许多人为了个人出路都感到惶恐，倒也近于人类求生存的本能，相当庄严，并非儿戏。这种恐怖感最近于神经过敏的例子，无过于我相熟的一个年青朋友事情。这人经我介绍到上海一个最有名的机关供职，服务还不上半个月，战事一发生，别的问题不担心，却忧虑他个人住在五百万人口的上海，无米可买，吃饭时，发生困难。因此抛下工作，早早的就跑到一个出米省份去了。（吃了将近六年的大米饭，照理说，他应当胖多了。）至于最普通常见的例子，自应数神经衰弱的读书人跑银行。一般人所知道的，只是大学生为出路计争入经济系，准备站柜台，使得国内办大学教育的人，不免有点丧气。即主持法商学院的，在学生注册选课时，虽相当兴奋，也许依然会对他们皱皱眉，想要问问："你们是来做那样的？"真的有询问时，一定有些人将冲口而答："我是来找出路的。"正因为大学习惯，虽侧重在为社会培养应用人材，不尽是每个人都可望成为研究家，可是让学校成为银行下级职员训练班，负责人心中也不无痛苦。其实这个现象是不能怪学生的。学生的老师，敏感而长于求生存知去就的即大有其人。作史地社会研究的，习外国文学的，考古的，……作了专家教授以后，向"生活保险库"跑的人多哩。

有个某君算是得国家供养唯一习南欧文学的一位，回国来不想到如何用十年工夫翻译一部《神曲》，或加入国际宣传部作点事，却入银行作了"秘书"，他最得意处是不必办公，且可用公家便利从越港办点日用货物。还常常充满愉快神情告人说："家中有最好洋酒，并养了几只洋狗。"他和酒，和狗，竟俨如三位一体，唯入银行方能完备。这个例子说来并不使人为其愚而自私好笑，倒令人为国家前途悲哀。础润知雨，从小可以见大处，从这个人生活态度上，即可见一些人若不知自重，不明大体，教育即受得再好，也还是不济事的。如空读了一大堆世界上第一等头脑写成的好书，做人方式却只学意大利三等国家水兵在上海过日子方式，到他成了上等人后，自然就只会如彼如此安排自己。社会上像某君者，一定常可以见到，所以我们就不必分析大学校打出路算盘的青年的是非利害，也不应单单责怪他们把个人生命看得那么小了。

用做生意作譬喻，有些人若只打量就地卖卖烧饼葵花子糊口，除糊口外对生命并无高尚理想或雄心大志，不能冒险去作其他大事业，也想不到脚下即还有个丰富的矿床，只要稍稍使力就可挖掘开发，我们从忠恕处说，还应当称赞他们“知足守分”为合理。因为国家的重造，固然需要许多有作为的年青人，抱定宏愿与坚信，好好努力学习理解一切艰深问题，学成后再来担当重大工作，战胜环境，克服困难，在一堆破碎瓦砾中重造一个比过去更完美的国家。但也不可少另外一种人，即一生最高理想，只是有个安定职业混日子，养家活口。头脑简简单单，衣服干干净净，待人诚诚实实，作事规规矩矩。年终得点例有奖金，即换颗金戒指，买双好鞋子，或储蓄给家中作儿女教育经费，或买张什么储蓄券，一家人就常常做无害于人有益于己的头奖梦。说真话，社会的稳定性，原本就是要这个中层分子的知足守分，方能得到的，社会的繁荣，也不可缺少这种人的！在建国上我们亦不能把这个“知足守分”的好处去掉，为的是他在一切组织机构里，都有其良好普遍的作用。

至于作秘书消化洋酒一流人物，我们当然不必存什么希望，因为根基已定了，就让他那么下去也不妨。这是一种时代的沉渣，过不久会有方法滤去的。可是对于年青人，却又依然还容许我们保留一点希望。即这些人有了“生活”出路以后，一部分也许能学会反省，或生活暇裕时得到机会反省。到那时，他自会打量到“生命”的出路。会怀疑生活虽有着落，生命是否即有意义？很可能将感到一点烦闷。这对个人就是一个转机。因为他如果是个身心健全的年青人，还会有勇气从那个安乐窝中跑出，接受变动时代所应有的压力于教育，重新寻找根据，创造他的事业，发展他的生命。他若还未离开学校，也许还会有勇气重新起始在别一系院再念几年书。与我前面说的社会稳定性也并无矛盾处。因为跑银行只是一种风气，当时出于个人出路的关心，风气一成，多数年青人便不大思索的一齐跑去。然而事实上就中却有一部分年青朋友并不宜从那个单调而沉闷工作中讨生活。到社会上一般事业发展比较平均，国家设计又见出在鼓励有作为年青人从多方面发展时，银行职业生活的单调，就恰好成为一个自然的大筛，必将把不安于单调的年青人筛出。这也正是从去年起始，到处听到朋友从银行跑出的一个现象最合理解释。年来大学校的学生，习理工文史的，多成绩较好学生的原因。这个转机对个人得失虽不可知，对国家社会大有好处，是显而易见的！

这转机据个人私见说来，还可以从一种设计上加强他的作用，并防止在未来一时的社会变动中，产生那个回复现象。年青人的做人良心，是容易激发的。正因为生活与社会还隔一层，不大贴近实际，追求抽象原则的勇气，照例即比“为衣食谋”的糊口打算为强。廿年来这个勇气表现于五四思想解放上，表现于五卅群众兴奋上，表现于北伐与军阀争斗牺牲上，无不见出自尊心的觉醒，用得其当，所能产生的作用如何大。再从北伐统一以后的种种政治思想纠纷上，又可见出自尊心觉醒以后，若用不得当，亦可能产生多大作用。至于这种做人良心激发的方式，可说完全是新出版物安排成功的。然而到现在，新出版业中报纸副刊成为杂志，由杂志成为单行本新书，再由这个关系产生一个新出版业，将出版物当成商品之一种作大量分配，除了它已经能稳定出版业本身，此外“理想”竟完全说不上了。即出于政治设计，从用方法与数量上看来，也见出认识这个问题还不清楚，至多不出于点缀性质。居多从最小处下手，末了正至于点缀作用亦有限。即以若干公家新闻纸运用而言，放弃了“教育”理想，惟重在报告一点大体相同的消息，并吸收广告收入，以收入多表示为成功，这比大学生跑银行找出路，情形却完全相同。虽繁荣了一般商业，支持了新闻纸本身，其实也就堕落了新闻纸庄严作用。

这个堕落的倾向，是事势的必然，还不过是风气的会趋？我将说，这也只是出于一种习惯而已。习惯已成，便不免有点积重难返，用广告维持报纸，是上海申新二报产生存在的原因。唯其是商业报纸，又在租界内有所凭借，所以即可用社评与论文对于国家大计有所表示，而且将这种文章公诸民众，亦可用副刊娱乐并教育一般读物，增加读者常识与兴趣。则辛亥革命后多了些政党，“机关报”即由此而来，意即在朝在野都可花［钱］来办报，各在自办报上发表对于国事主张，并用来批评攻击另一党派。到民八风气一变，国家权势只在一批北洋军阀手中转来转去，一则内战发生时，除了报上有军人相互责难电报外，就是总统府秘书长饶汉祥先生代黎元洪草拟的排难息争四六文电。各党各派的政客，虽亦常常有文电在报上发表，事实上已将精力直接表现到议会会场上，所以报纸上登载他们打架抛墨盒的消息，还比通电有些作用。为的是引人发笑！然而五四前后报纸上却另外来了个新玩意儿，即名流学者来为副刊写文章。小至于短诗，大至于玄学与科学论战，国外第一流学者的演讲……无不从报纸上介绍给读者，煽起年青人对于国家重造的幻想和热情。五四学生的表现，五卅工商的表现，北伐军人的表现，无不反映报纸所产生的作用。这作用到北伐成功新出版业兴起时，即已完全失去，为定期刊物或单行本所代替。然而几个著名报纸社论来论，尚保留一点批评国事检讨社会能力。到战事发生后，就只有将可发表的新闻，各列标题发表，以及推测战事说点国际预言的功用了。因此报纸差不多都少个性，少特性，也逐渐失去了本来的作用。商业报纸有时为广告拥挤，竟将社评地位移作广告用，增加收入。大报纸既只能看看新闻，所以小型报纸有了个试验机会。

从去年冬天开始，昆明市凭空多了好些周报。不到半年中，并且就见出一点选择淘汰作用，证明在一个较新编排方式下，还可给读者许多有益的影响，取得读者的爱重。只要认清对象，即可教育对象。近来且听说还有好些同类报纸在准备出版，这自然是个好现象。因如果负责方面有各能就一方面长处好好发展，却又有个共同目的，即将报纸和读者关系重造。资本较充实的，还可定期定量为读者印行多种有价值的小册子，属于世界学术或普通常识的性质，一一印出，报纸读者均可用最低廉价格得到。一年后，即以昆明市而言，一切情形会不同多了。所以我想这正好作办报的一种试验，即无从引起大报纸的革命，也可望养成一种新的风气，将小型报纸作用提高。或尽多数找出路的大学生，明白个人出路甚多，从银行跑出还有更宽广的天地可以好好发展，或鼓励公务员与一般从业员，知爱好，肯向上，用一个健康态度去学习一切，就可以将我们个人和国家发展，打成一片，毫无冲突，好好的来接受这一场战争所应有的困难与成功！报纸本身的出路也多，除广告收入另外还有一种意义，足使办报的人对于他的工作重新得到神圣庄严感！这种神圣庄严感本来是固有的，可是却被一个不良习惯差不多毁尽了。代替而来的只是一种无尽期的疲乏，以及受限制说不出的痛苦。谈到这个现象时，我们实值得对一切报业前辈的努力尊敬与同情。因为他们曾经战斗过来，而且个人方面也居多并未放弃将新闻纸重造的理想。只是习惯不容易改正，恰恰如五十岁银行家不能改习地质，这事只好让二十四五岁的年青人来作了。我希望每个新出的小报，都能抱有这个新的态度和社会对面！

迎接五四

从五四起中国有个新文学运动，二十余年来不仅仅在白话文试验上，有过极大的贡献，即以思想解放国家重造而言，这个运动所有的成就，也是极可观的！然而到近年来，文学运动却似乎有点萎靡不振的趋势，一切热闹都是表面装点。作家的“天真”和“勇敢”，在二十年新陈代谢中，几几乎全丧失了，代替而来的却是一种适宜商场与官场的油滑与敷衍习气。这种印象虽只是局部的，不足以概全体，但部分的堕落，于文运影响是可以想象的。

试分析这个运动堕落原因，实由于作家被“商业”与“政治”两种势力所分割，所控制，产生的结果。作者的创造力一面既得迎合商人，一面又得敷会政策，目的既集中在商业作用与政治效果两件事情上，文运堕落是必然的，无可避免的。作者由信仰真理爱重正谊的素朴雄强五四精神，逐渐变成为发财升官的功利打算；与商人合作或合股，用一个听候调遣的态度来活动，则可以发财；为某种政策帮忙凑趣，用一个佞幸阿谀的态度来活动，则可以做官。因此在社会表面上尽管花样翻新，玩意儿日多，到处见得活泼而热闹。事实上且可说已无文运足言。

五四精神特点是“天真”和“勇敢”，如就文学运动看来，除大无畏的提出“工具重造工具重用”口号理论外，还能用天真热诚的态度去尝试。作品幼稚，无妨；受攻击，无妨；失败，更不在乎。大家都真有个信心，认为国家重造思想解放为必然。鼓励他们信心的是求真，毫无个人功利思想夹杂其间。要出路，要的是真理抬头；要解放，要的是将社会上若干不合理的迷与愚去掉；改革的对象虽抽象，实具体。热情为物既具有普遍传染性，领导主持这个文学运动的，既多系学校师生，因此对学校影响也就特别大，特别深。文运一与学校脱离，与教育脱离，销沉，变质，萎靡，堕落，都是应有的现象。学校一与文运脱离，自然也难免保守，退化，无生气，无朝气。

所以迎接五四，纪念五四，我们倒值得知道一点点过去情形。想发扬五四精神，得将文学运动重新做起，这是一切有自尊心的作家应有的觉悟，也是一切准备执笔的朋友应有的庄严义务。我们必需努力的第一件事，即从新建设一个观念，一种态度，把文运从商场与官场两者困辱中解放出来，依然由学校奠基，学校培养，学校着手。把文运和“教育”“学术”再度携手，好好联系在一处，争取应有的自由与应有的尊重；一面可防止作品过度商品化与作家纯粹清客化，一面且可防止学校中保守退化腐败现象的扩大。能这么办，方可希望它明日有个更大的发展！第二件事是五四怀疑否认的精神，修正改进的愿望，在文运上都得好好保留它，使用它。天真和勇敢，尤其不可缺少。作者能于作品中浸透人生崇高理想，与求真的勇敢批评精神。自可望将真正的时代变动与历史得失，好好加以表现，并在作品中铸造一种博大坚实富于生气的人格。这种坚贞人格，这时节虽只表现到作家的文学作品中，另一时即可望表现到普遍读者行为中！若疏忽了五四之所以为五四，那就不过“行礼如仪”，与一般场面差不多，倒以忘掉这日子为得计；因为凡属行礼如仪的事已经够多了，年青朋友这么纪念五四是毫无意义的！

中庸之道

大家空谈中庸，等于将所有问题用一个破旧布袋装起来。

近年来常常有人欢喜谈中庸之道。凡是“进不以道，取不以义，守不以法，行不符其所言”，心中有所愧恧，有所恐惧的，似乎都对于这个道德名词兴趣特别浓厚。初初看来，不免令人奇怪，这名词出现不是时候。但详细注意注意，也就会觉得十分自然。原来有些人表面上是在提倡恕人，实则求人恕既不可得，求自恕有时且难成功，因之都想托庇于中庸之道空气下，将日子混下去。中庸之道由这些人来谈，若把它译成俚语，求其与谈它的本意逼真吻合，意即为“包涵包涵”。所有文章内容，都近于一种不负责任，唯诺取容，软弱无能者的呼吁，即“大家包涵包涵，大家可混下去；大家不肯包涵，那就糟糕！”

（被删一百七十三字）[1]

中庸之道这个名词出自儒家，孔子的“己所不欲勿施于人”正可为这个名词本意作注解。推己及人谓之恕，中庸之道即由恕字出发。可是恕字含义，当时使用是有个限制的，似只适宜于应用到对己律人取得一种平衡，属于私的一方面。即退而省其私的结果。并非对事不问是非不分好坏之谓，更不能用到国家大事问题支吾上。所以支持儒家正宗思想的荀况，在论人事的是非时，对于人的好坏，即分析得十分严肃，决不含混马虎。

“国贼”与“国妖”，可说是两个对人批评得极厉害的名辞。这名辞就是由谈礼乐尚仁恕的荀况所定下的。他说：“不恤君之荣辱，不恤国之臧否，偷合苟容以持禄养交而已，谓之国贼。”“口言善，身行恶，国妖也。”可见几个人小小过失，或天生愚昧低能，用得上一个恕字。凡对国家有责任，不能尽责，惟知安享尊爵厚禄，固宠取幸，不问国家前途，不辨事情是非，惟以偷合取容混饭吃的人，是不能依赖

1．括号内文字是《生活导报》编者的附注，下同。

恕道上开脱，应称为“国贼”的。又或口言善，身行恶，言行不符的人，也不适用恕道，必称之为“国妖”的。国贼与国妖，当然是在老子恕道以外的。这种人从诗人的诅咒上来说，即当“投畀豺虎”“投畀有北”。

试用荀况所描写的两种人当作范本，来测验测验目下社会，我们将不免大吃一惊。（以下被删七十一字）《笑林广记》上有个捉贼故事，说某贼被人发现时，人喊捉贼，他穷急智生，也跟随大喊捉贼，因之逃脱，平安无事。如今谈夫子之道的，既有想从夫子之道自脱或自存的人物，因之真正服膺夫子正名的精神，想来检视一下当前场面上的现状，把责任是非弄清楚一些的人，便应了古语“察渊鱼者不祥”，反倒容易被称为矫激褊持有点神经病的人物了。

近几年来《楚辞》的价值和作者地位，重新被人估得高高的，也可说便反映一种事实，即兰桂萧瑟而蒿艾敷荣。今古情形不同处，即当时屈原带点失恋失宠意味，写来写去，越写越生气，终于被逼而发疯，向汨罗江中一跳，完事大吉。目前的人神经强韧一点，又不许说什么太放肆的话，只在沉默中忍受时代风气所带来的是非不明黑白不分……这一切都若在测验读书人的神经容忍力或适应力，也就是在测验读书人的做人良心。近来有一部分人，或热中于出路，或太不甘寂寞，丧失了个人做人的自尊心和用工作有以自立自见的信心，起始来用阿谀支持“混”的局面，且图从这个局面下得到一点唾余好处，中庸之道于是也就从读书人中得到点微弱的应声。

其实说来，对于这种种，我们或许还用得着一种悲悯心情去看待，只是对于整个国家前途却不免令人怀抱隐忧！因为国家民族的未来，是决定于当前人的打算与安排的，能为将来打算安排的，必先有勇气正视当前弱点所在，困难所在，来有所处理。对责任所在的当前事不敢悠忽，方可望对未来能作远大计划。眼前所有大问题，若各部分负责方面，都只用一个“混”字应付，明日各事，就当真近于听凭“命运”处理了。

《大公报》提倡爱悔恨，意思正是盼望中层负责分子得把一切责任是非弱点长处弄个清清楚楚，能爱其所当爱，恨其所当恨，而对于悠忽拖混罪过能真正有所愧悔，则一切重新起始，并不嫌迟。若大家空谈中庸，等于将所有问题用一个破旧布袋装上，抗这个布袋的虽若有人，抗来抗去，有何意义？是否即可以解决一切的问题？又能抗多久？也值得想想！值得一些脑子还不曾为势利所麻木，而情感又还能关心到明日国家种种的年青朋友想想！我们若真希望明日在这片土地上过日子的下一代的中国人，活得比当前幸福一点，尊贵一点，同时也自由一点，目前还不仅需要负责方面能爱恨悔，还要多数人敢向深处思索，敢将思索及的问题说出来，对人尽管中庸到承认“一切现状存在为必然”，可是问题也应当明白对事拖混敷衍的结果，将产生一种什么堕落现象，且影响到将来民族命运有多大！

人的重造

——从重庆和昆明看到将来

来自重庆方面熟人通信中，似乎有个共通现象，即对国家前途浸透了悲观感情，对个人工作常表现一种渺茫烦忧，而对于昆明一切，却又不免歆羡神往。

这种熟人有高级公务员，大学教授，办社会教育的和作报馆编辑的中层分子，弄小工业和经营出版物的事业家，照例还大都是所谓真正“自由主义”者，也即是真正“民主政治”制度下的好公民。论工作意义，实极贴近国家各部门的荣枯，论爱国热忱，也决不后于任何有明确党派信仰的在朝在野分子，论认识和经验，或许比起别的人来还更深刻，更广泛，更客观！然而正当国是问题的僵局，由协议得到转机，内战可以避免，各党各派都在铺陈为民主而奋斗的事功，以为业已将那个“昨日”完全结束，引导历史转入一个崭新时代，对于在会议中相互预计的明日社会国家作种种好梦，而使多数普通人也信以为真时，这群在政治上无所属的人，却不免对当前和明日感到一点杞忧。这杞忧自然也有个原因，不是毫无意义。

他们寄身在重庆，重庆的特点又以“特务”活动著名。特务世界禁忌多，这对于少数人也许反而还可收宣传效果，对多数人则必然造成一种空气，或时怀戒惧，或见鬼疑神，久而久之，被人侦察或侦察人的，都不免神经异常。“沉默”或为此一部分人求安全的方法，“阿谀”亦即成为另一部分人求发展的政术。多数人在这个势利，污浊，阴晦虚伪，变态环境中，既过了八九年日子，早坐实了“政治是谎骗”一句格言，从最近三个月的局势变动中，什么人用什么上了台，什么人因什么原因吃了亏，什么组织由何背景而产生，什么纲领宣言代表了何等情感与愿望，他们又都清清楚楚。从表面说，一月之中什么都变了，但是试从深处看，他们当然知道“人”并不变。上来的和下去的那个“人”，近于历史传统所保有的不良气质既不容易变，出于现代政治的习惯弱点也不容易变。如今想凭那么一群新旧官僚，政治掮客，职业爱国家，空头的文化人，勉强凑和成功一个上层组织，来支配一切，来控制一切，希望在短期中即克服所有矛盾困难，把那么一个庞大国家导入于常轨中，使专家抬头而材尽其用，自然是无可希望的奇迹。他们的悲观和渺茫感，正说明消极的可代表一部分知识分子对当前现实局面所造成的空洞乐观表示否定与疑惑，积极的也可能形成一种新的势能的团结与发展。这新的势能的团结与发展，一部分期望即寄托于彼等所歆羡神往的昆明。但是昆明方面的一切是否即是寄托这点期望？

若从印刷物上表现的种种看来，对民主争原则的勇敢方式，对国事检讨批评的坦白精神，皆可证明昆明多的是“自由”，若自由思索自由表现即是培养民主的土壤，昆明也的确可说是民主思想的温室。但我们也得明白，阳光能生长一切，臭草与香花即可同样有机会生长于阳光中，寄托于此天然温良气候下，固多奇花珍果，也不乏带刺的仙人掌和栖息于这种植物间的彩色斑斓的有毒蜘蛛。自由在此固可培养激发若干青年人生命中的尊严情感，形成一种争人权争原则的热忱和勇气，然而另一面泛滥到每种人事上，副作用反作用所见出的恶果，也就相当可观！至于因“倘来物”过多而作成的抽气气候，固间接直接支持了民主思想的发展，但事实上也就更支持了社会若干方面腐败堕落的继续与扩大。如果我们能仔细注意一下，即可知这种腐败堕落，不仅仅与民主思想原有同样繁殖机会，且有更多机会形成一种矛盾的结合，或且因为这种结合而将腐败堕落继续与扩大，我们就不能不对于无选择的“自由”感觉到相当痛苦！就个人所接触狭窄范围熟人说来，即见有本分应当杀头反而升官的将军，因赃去职忽成战士的中级官僚，借亏空为名取非其道的艺术家，办小学发洋财的校长，这些人寄生息于这个自由空气中，即丝毫不受社会法律或道德的限制，而且有几位还在社交方式上“民主”“自由”不去口，作成十分关心国家爱护青年的姿态，最近向某方面投了点资，即俨然将过去种种一洗而尽，忽然在争自由群中成支持者。由于经济势力与社会地位的特殊，进一步，亦即可望成为明日政权重新分配最有希望分子。活到这个现实中的我们，不能如远方人的徒然歆羡神往，却另抱有一点杞忧，也不为无因由了。

两地情形似异而实同，即见出国家重造的希望，能否实现，重造的结果如何，实在还建立于“人”上面，人的重造将是个根本问题，人的重造如果无望，则重庆协议中所作成的种种，不过一堆好听名词作成的一个历史动人文件而已。昆明的自由，则产生的仙人掌或且行将掩盖那所烈士墓。行将产生的四十个国府委员，和属于这个委员会下的新政府，即使名分上有个各党各派与无党无派贤能参加，事实上只能说到分配上的暂时平衡，与国家的真实进步和人民的真实幸福，相距实在还远得很。

人的重造在明日属于一个纯粹技术问题，在当前则也可成为一个运动，一种政治要求。表现于更新的政治趋势上，必需是跟随军队国防化后，将所谓各党各派纳入普通的人民代表所形成的议会中。各党各派的活动竞争，虽能产生一个政府，属于政府的各部门，却分别由专家负责，政客或政治家决不能插足其间，其宣传工具更不许在政府所属任何机构服务。表现于国家设计上，则将是两组专家—— 一为心理学大师，神经病专家，音乐作曲家，雕刻，建筑，戏剧，文学，艺术家等等，一为物理，化学，电机，农业，各专家，共同组成一个具有最高权力咨询顾问委员会，一面审查那个普通人民代表会议所表示的意见与愿望，一面且能监督那个政府的一切措施，人的重造才真正有希望可言！

二月十五日

试谈艺术与文化

——北平通讯之四

余之通信此为第四次。日前曾得一陌生读者来信赐教，以为“文学革命已三十年，有种种进步事实取证。截至目前为止，伟人死丧庆吊，以及例行就职下野文电，犹借助于空空洞洞文言，点缀空空洞洞之事功，然故都二万人学生，入学考试，作文必用语体，方能录取。入境问俗，宜加注意。阁下文体，或得改造，方能接近现代，不至于落伍也。”复得另一读者来信，则一口咬定余与塔塔木林，似二而一；且以为从文体即可了然。并敢与予作赌，真理在彼一方，决少错误。即余前所发表《怀塔塔木林》一文，亦系故作玄虚，驾空拟一西洋人塔塔画像，不可尽信。甚矣，疑他人之不老实也，至于如此，其自信之坚也，又复如彼，中国人呀！中国人呀！个人小事，犹多纠缠不清，若用此等专断唯己作风，以言治国平天下，宁不糟糕？推两位读者盛意，因作通信四。

余系于世界厌战归于和平，而“中国焦士”犹待事实作证之时，重游北平。至故都后，于诸大贤之间游处，兼作社会各方面接触交际，学习认识现实。一年以来，对世事认识，似已略有进步。心中有一印象，即某种上层组织，多有权而无能，知应变而少信用，会捞钱而不做事，……分解圮坍，蛆腐溃烂，自心起始。三五书呆子欲作补救，如于一破袜上缝缝补补，用力虽勤，终感束手。适本刊编者，访知余与塔塔关系，救国度世，实有同心，乃邀约余写北京通信。因用塔塔文体，试为执笔。固早知文笔平板，远非塔塔表兄之隽迈幽默可比。且平时作文，即用桐城古体，间喜使用古代草字，积习既深，革除不易。排印谬误，在所不免。家中荆妇，亦常引为笑乐，认为似通非通。私意语体文自宜勤加学习，且必稍读物观简编，略作向前姿势，以应社会潮流。惟此事亦非容易，容当慢慢努力，免如其他人之“画虎”工作，具猫猫像，贻笑于大方也。故本文仍沿用半通不通之古文，或能得大庠以外真正多数读者原谅也。又巴鲁爵士与塔塔木林决为二人，读者有心有脑，略作检讨，即可知之。至如文体相似，则目前犹为一秘密，不宜完全公开。然读者试一回想余与塔塔来处，如何同受华语训练，古籍熏陶，且合作同工已若干次，被誉被毁被诬害已若干回，则亦必哑然失笑，万一将来有一机会，二人之文同印一书时，亦将承认非复一人手笔也。

余与塔塔虽同为东方迷，同受中国文化熏陶至深，性情嗜好，实略有偏差。记得塔塔去年携其美丽年青之新婚洋太太同游古都时，因钦慕北京文化空气，竟欲太太一坐八人同抬之大花轿，并雇仪仗执事一堂，锣鼓齐鸣，以作前驱。太太亦复同意。惟因开销过大，未成事实。余与拙荆，则对此等古典庄严而糜费之仪制，殊少兴趣。塔塔对于中国政治经济，国际局势，心得较多。余则对于中国文史，古典文物艺术，特别倾心，亦若具有高度兴趣，及文艺复兴梦想。若干年前，余即刻一象牙图章，作小篆字十个，文曰“美育代宗教之真实信徒”，以示对此中国具有儒家传统精神西洋进步见解哲人之向往。

然当时此哲人及门弟子甚多，均以爱护长者自见，方以为彼等必有表现，此图章因之亦未敢示人。今始知此学说因伟大而转荒谬，实少有人研究阐发。然余则欲进而言“美育重造政治”，以补充此伟大荒谬学说。因余实深信中国问题得在内战以外求进步，求解决。问题实多端，任何进步政治新兴宗教亦难化零为整而统一其事。解决实在“政治”，易收提纲挈领之效，然决非当前办党作官人标语口号工作之所谓政治，亦非当前伟人情绪凝固，动作激烈，杀人如刈草菅之所谓政治，实为用“美育”与“诗教”重造政治头脑之真正进步理想政治。此事说来话长，拟暂且保留，当另作专论检讨。

今所欲言者，余虽一美育重造政治信仰者，然洋人之种族自尊自大偏见，及中国新艺术家之艺术自卑与自高错综意识，均感缺乏。因此对于故宫博物院所宝重之朗士宁绘画，决不胡乱称许。对于十八九世纪各国传教士与公使，为逗中国皇帝开心进贡善作鸟鸣之各种自鸣钟，虽时至今日，犹能于中国伟人游览故宫时，使伟人老呆傻候至十余分钟，余亦缺少赏玩兴趣。既不甚理解中国艺术教育之彻底西化，具何进步意义；亦不甚同意用完全现实商业精神，发扬中国文化工作。因办艺术教育者，如不知艺术广泛含义，及一民族手与心与所用工具器材结合学习过程，惟侈言艺术“革命”，殊无谓也。二千年前以装备精良士气充足之三千武士，进军罗马，或可于一日间产生一大罗马帝国。此为世人所承认之史实。至于当前时代，欲以草率态度，辅以薄弱宣传，对千年优秀巨制宣战，而言所画猫猫狗狗即足代替一切，欲世人承认艺术革命成功，天下归我，不容易也。谈绘画若不知白描象生粉本摹习为何事，不知水势石录草木人树专谱具何意义，不知种种器材性能及其使用方法，惟知用素描写生代替。谈雕刻若不知中国雕刻有何物，在雕刻项目下除金，铜，石，玉，土，竹，木，牙，漆之外，犹有多少部类可供参证取法，惟备少许外国廉价石膏复制模型充数。谈美术史缺少对中国一般艺术，具广泛认识，深湛理解，及高度鉴赏兴趣，并于学校中参考陈列室有充分准备，便于举例，惟仅仅能够用一本美术史教美术史，……此种艺术教育，业已误人子弟近三十年，不特无显著成绩，且难免有传染“无知”倾向。此无知不必取证于多方面，只看看知名之士工作表现及作风即可知之。新教育主持人，实不宜葫芦依样，必需另有计划，始能言“美育”二字也。

此事如容余贡献意见，余首先即对通信第三所引述《苏格拉底谈北平所需》一文中艺教见解，完全表示同意。即主持艺术教育者，宜为一个有哲思并具诗人气质之大师，从所假定之艺术学校新校训观点，进行一切工作，始能克当其任。因彼必透彻明白其工作之庄严性，建设性，不仅仅教人会涂抹色彩于画布上或纸张上，处分木石金玉，多一平平无奇之画家或雕刻家，实在由美育培养下一代领袖，下一代标准公民。且必用哲学或历史，以及美术史各部门成就，先来教育为人师者之“气度”，“眼光”，更重要事还是那个“灵魂”，正如得重新拂拭，洗刷，琢磨，除去由于艺教错误得来之腐败积习，和本质上之翳阴与霉斑，使其莹洁透明，如美玉纯金。（美术教育之是否有望，即全在此种人之师重造设计是否有望。）此种人材既集中，复能于设备充足环境适宜之背景中，训练学生之手与心，始足言美育，言艺教。否则将不免只是一片白话也。无艺教，尚可于祖传工艺中，保留若干优技巧与摹仿品，有艺教，则此部门堕落破坏，尤不堪设想！记得去年参观一艺展，对陶磁图案二部门成就，真使人痛苦欲哭。此种丑恶物品尚能于故都公开展览耶？故都之大，公私收藏之富，即以明清二代青花敷彩磁器而言，随地随物可师法者无虑万千。即不中用无出息退而学东洋鬼子，亦可就小摊上检拾千百不同式样，百十种精印图录，摹仿取法，找寻无言师傅。学图案则有千种丝毛织物，无数有个性之工艺品，设计配色，可以取用。有孙行者之头脑灵活，即可千变万化，应用无穷。然此二部成绩表现，竟能对传统若无睹。主事者于另一时复公开宣称“有十个叶浅予，即为文艺复兴”。浅予仁兄，谦虚为怀，一至故都，只要稍稍浏览公私所蓄积，宁敢自信已负十分之一复兴工作？主事者之见解随便，诚可忧惧也。

又有关“发扬文化工作”，似与“发卖”工作不同，宜为通人所知。然目下则有一事，将此名词已混淆。余本欲无言，复不能已于言。

缘余于二阅月前某日，时金风振衣，木叶微脱，中国古籍月令食经所言“宜入温补”之季。因与好友四人，邀约赴故都后门外烟袋斜街附近十刹海边，鱼贯而入一小小铺子，同吃古典之烤肉。四人均系个中老手，熟习吃喝规矩。彼时各人从容不迫，搓手挽袖，并各将一脚跷起，踏于简朴结实之板凳上，作成中国民间英雄黄天霸窦尔墩入酒店姿式，连声呼唤“小二”，温酒切肉。旋各举长约一尺八寸之竹筷，挟定来自塞外之肥羊身上薄肉片，丁面前圆盆熊熊炭火中，辗转翻动，尽兴而饮，尽量而吃。余亦于咪咪笑中，用同一姿式情绪，与诸友温习此鞑靼文明。（世人常言此为北平风味，余则以为此系鞑靼文明，言非无因。曾偷瞧掌刀批割司务，与图画中之成吉思汗面貌，犹相仿佛也。）时酒肉内逼，炉火外烁，于吃喝之余，不免天上地下，谈论见闻。

友人中有治史学，正如大学近三十年习惯，平时阅看《九通表志》，能熟诵大事年月，条理清楚，对于《四部》中之子集二部，及工艺美术部门，复能狠心加以拒绝，完全不生兴趣者，忽函称老友某某近年来之文化艺术工作，贡献伟大无匹。且朗朗称引国内若干学人对此工作不同之颂词，以为佐证。此等颂词曾反复著录于广告上，早即寓目。余虽不甚相信近世学人对于本国艺术之鉴赏力，（因艺术家即甚多缺少此基本鉴赏力者，）然因老友文化工作，余实最先即感同意，其用力之勤，及放手作事处，亦备致敬意。且因面前余友平日为人之诚悫，兼已各有三分酒意，明知事经争论，必对立至盟神发誓，无从和解。因默然微笑，不作他语。（读者诸君，一生中想亦必有此经验若干次，即听一外行作行语，虽胡说八道，无从自休，终能忍受下去，不仅不以为悔，反若一种享受也。余则已成习惯多日，如此作来，毫不勉强。）

不意隔墙有耳，于时忽闻邻座一伛偻老人，面目枯瘦如一深秋之栝蒌，操纯粹北京官语，与彼同桌边人，亦提及此事。同一事件，印象则大不相侔。彼意“日本侵占华北八年，军人专横残忍，奴役人民，罪无可逭。然少数学人，则谦虚诚笃，埋头努力，编印整理有关中国文物艺术图录，多至二千余种，有目可稽。各有专述，门类谨严。商讨得失，发现新玩意儿尤多。即同是一书，前后数版，内容订正便不少。虽随处有错误，但普及功劳，有助于学人研究处，可以目睹？和平之后，有人用重价收购这类图籍，重行编印。此本美事，未可厚非。惟题解谬误，鲜有更正，艺术识鉴，稍稍可疑。京市书估传述，引为笑话。学人无语，只能皱眉。以‘发卖’之事而云‘发扬’，置中研院，故宫博物院，北平图书馆，中国营造学社，以收藏丰富工作态度谨严著闻于世之专家通人工作于何地？不意有关此一部分工作，中国亦居然有人接收，毁去本来完整，改作新兴生产事业，且有学人从而赞和也。中国学人之于文化艺术，识见态度如此，甚可惋惜。欲真正发扬，恐还得经若干年，用一较佳较庄重态度方可望！……”

余闻此语，深为不平。因趁酒兴，如一待斗公鸡，直逼邻座。并盛气峻颜，与之互通姓名，连声请教。聆教结果，始知此佝偻老人，乃是岛上本籍教授，此道权威，经特许留用于平中某大庠者。另一人，则为中央某××专家。余因获友热忱之盛气，至此不免为之而夺。趁彼二人讨论华北战事发展，怀念及大同云冈，洛阳龙门，山西五台赵城，热河行宫，诸古迹毁残于无知武士操纵无情炮火之种种情景，叹息默想之际，抽空极极逃出小店铺，始不为此二人反质所窘倒。至其他四友，其一历史家，犹强词宣称“此事系一待考据问题。材料既为中国所自有，岛夷就地取材研究楚弓楚得，重作处分，何预他人事，更何容战败者置喙?”其三系理工学人，与吾友复未识面，既不必为此事分谤，亦不用为他人护短，故犹能从容结账而出。然四人与余遇于烟袋斜街口行人道前时，终不免颜有余怍！窦尔墩之姿式，亦一变而为跑龙套马前败卒。余心知此事已成若干有知识学人一种良心担负，又无从与老友商讨，故附于本文之末。余之言此真实故事，实具深意，措词虽不软和，用心实比随和凑趣帮场者严正。世不乏解人，宜有会于心，有关此等工作，值得谨慎从事，各方咨询，尽可能求教于各方面专家通人，并处处不忘前人努力开路之功，表示谢意，免落人笑话。若世无解人，则为完全费词矣。

综计余一生三十年来种种，费词之事亦多矣。中国许多事均若预见洞烛，然言及时则殊少为人正视。即以对“艺术重造政治”而言，亦均早于二十年前反复道及，以为“当世伟人若于童齿时图工唱游得分较多，当前杀人如刈草菅之痛苦局面亦大不同”。粗心看来，或以为滑稽幽默。惜世无好事者，当作《推背图》《烧饼歌》研究，另有发明。治艺术者对艺术之无知，既不下于治史学人，一般年青人，又惟用“信仰”代替“思想”与“学习”，落得省事。中国问题，后来便自然只能交给三五伟人，用战争推进一切创造一切矣。然所能创造，除中国人民之悲惨命运，并将此不美事实转责于战败者一方，一时实亦无其他奇迹可望也。越觉得中国可爱者，亦必越觉得中国可哀。因任何民族，决无将人民用饥饿与杀戮两种方式加以收拾，剩下一群有钱有势伟人，而能立足于世界也。

谈谈木刻

近十年来因各种定期出版物需要插图，报纸需要插图，木刻和漫画应时而起，成为一种新课目，且在若干“票友”似的热心家提倡下，经过一阵努力，弄出了些成绩，给一般人印象也相当好。从事于此道的朋友，很有些名字，说起来仿佛十分熟习，为的是所有作品，已经使我们十分熟习，漫画如张振宇，赵望云，黄鼎……木刻如李桦，陈烟桥，马达……几位的成就，对社会影响言，似并不弱于一般经院派的艺术家。这影响或者也可说是堕落了“艺术”的价值，因为它同“新闻纸”或“商业性”关系异常密切，不可分开，它重在装点时事，过于贴近眼见耳闻的世务，它的效果仅仅维持于“谐谑”以及邻于谐谑的“刺激”作用上。它只成“插图”，难独当一面。换句话说，它是新闻的附庸。虽有漫画杂志，和某某木刻集行世，依然不容易成为独立艺术一部门。即如说“艺术下乡”，“艺术大众化”，就当前情形，让我们公公平平想一想大部分漫画、木刻，下得了乡下不了乡？大众化，有多少大众能懂？就能看懂了，能不能发生作者所期望的作用？这问题我们若对之有相当兴趣，分析分析看，便可明白一件事实：一般漫画木刻，提高还缺少能力，普及也同样还缺少能力。它离不开报章杂志的附庸地位，为的是它所表现的一切形式，终不摆脱报章杂志的空气，只能在大都市中层阶级引起兴趣，发生作用。想把它当油画挂卧室客厅大不相称，想把它当年画下乡去也去不了。

现在我只就木刻来说说，它的问题可以作两点：一是技术上似乎还有缺点，二是作者对象似乎还认识不清。技术上缺点就是功夫不到家。素描速写基础训练不足，抓不住生物动的神气，不能将立体的东东西西改作成平面的画，又把握不住静物的分量。更大的弱点，恐怕还是在分配上，譬如说，表现一个战争场面，不会分布，表现一个人，空间同实体如何分配处理，方能产生那个恰到好处的印象。由于相关知识的疏忽，大体说来，总是成功少，失败多。正如写字，大家都在那里讨论拿笔方法和用笔方法，却不甚注意到组织以及由组织而产生的印象。讲刀法而不注重对观众眼耳的装饰效果，所以许多木刻画，若无说明，我们就看不懂他的意思所在，即有说明，也觉得这种说明不大相干。大家都有雄心大志，想“艺术下乡”，可是就从无人注意到“乡下艺术”。试举一个平凡的例说，乡下艺术中的年画之中的“老鼠嫁女”，现横幅的形式，如何容易使它事件展开？用粗重的线，有刺激性的颜色，如何使乡下人在视觉上得到习惯的悦乐？用多大纸张，使它当成装饰物贴到板壁上时，方能供乡下人欣赏。假如转换题材，想用“炮打东洋人”、“全民抗战”一类题材制作画面，题目庄严，却必需注入若干快乐成分到画面上去，方能够产生效果？凡此种种值得注意处，就我所见到的木刻画看来，差不多全都不曾注意。因此不特下乡无望，即入城，到小县城中小学校去，还得让上海的五彩石印香烟广告画，和锦章书店一类石印彩画占先一着。木刻真正的出路，还依然仅仅只是作成手掌见方，放在报章杂志上应景凑热闹。

所以从我那么一个外行看来，木刻若要有更广大的出路，更好的成就，成为一种艺术品，就制作形式言，从武梁石刻近于剪影的黑白对照方法，到现存年画纯粹用线来解决题材方法（以及两种极端不同却同样用鸟兽虫鱼补充画面，增加它的装饰性方法），必需充分注意，认真学习，正因为值得注意值得学习来加以折衷试验的方法实在太多了！大家与其抽象，讲“刀法”，争“派别”，何如综合各方面知识，来作一种大规模的尝试。只要有了这种尝试精神，据我个人意见，用“全民抗战”作题材固然必要且易见成效，即用西南数省少数民族风物习俗作题材，也同样可望产生一些惊人的成绩。我们当前极需要的，正是这种有尝试精神的朋友来努力。

二十八年六月

一个理想的美术馆

我们且假想这是五年后的一天，气候依然那么温和，天日云影依然那么美丽，昆明广播电台，正播送云南美术馆正式开幕的节目，向群众报告来到些什么人，某一馆有些什么特别陈列。我是被邀参加特别讲演，坐飞机从北平赶来的。一到地，我就住在翠湖南边一所大房子中。那房子有上百个房间，都已经住满了远道惠临的嘉宾，客人名单中可发现教育部长和社会教育司长，国立博物院长，国立美术馆长，美术专门学校校长和若干教授，专家，名画家，国内第一流的摄影记者，向海外推销中国工艺品的华侨巨擘。房子本是私人的产业，经过种种努力，已转交美术馆保管，有了三年，平时多用作有关全国性文化科学年会的会场，现在又特别重新布置过一番，作为招待专家来宾下榻的住所。从这大房子临湖一面，广阔洋台望出去，可看见许多私人住宅，罗列翠湖周围，云南大学新落成的半透明的科学大厦，与圆通公园山上的一簇玻璃亭子，如俯瞰着城中区的新景象，浴在明朗温和阳光下十分动人，最触目的将是占据翠湖中心，被繁茂花木包围的一列白色建筑物，内中包含廿个陈列室和两个大小会场的美术馆，给外来客人一种温静优美梦魇一般离奇的印象。洋台上一角，大群客人正围着一位年纪已过六十的美术馆馆长谈天。这人个子虽不十分魁伟，却于温和儒雅神气中，正依稀可见出一点军人强直风味。其时正和客人谈起这个美术馆成立的经过。时间虽不过五年，说起它来时，也好像一个故事了。因为几年来国家已有了很大的变化。光是国内拥有武力武器政团自足自恃情绪的扩张，演变而成内战，蔓延至国内每一处。不久之后，因国际特别压力和本身经济危机，战事停止而得到转机。各党各派既不能不从武力以外找寻调整机会，因之会议重开，亏得几位折冲樽俎的负责人，总算从会议中决定了一些民治原则。政党既无从借武力巩固政权，武力也无从再利用其他名分随便鱼肉人民，宪政从七拼八凑方式中慢慢转入正轨，有用知识与健全理性抬了头，割据内战已成一个历史名词，再不使我们害怕担心。政客于是也成为一个不大尊严名词，因为任何聪敏政客也再不能空头取巧，用空泛原则美丽文词换得何等名分。从地方建设言，则凡知振作，能实事求是，关心多数福利注重教育文化的，都得到很大进步；凡只会粉饰表面社会，把教育当成点缀，私心自用，只图少数特权得以维持的，都吃了极大的亏。这位美术馆长，本来是个军人，抗日战事发生后，曾经为国家很出过力，胜利后退职归来，先还以为受强有力者所挟持感觉失意，郁郁不欢。随后是忽然若有所悟，心境随之明白开朗，因此即完全放弃了原有古怪念头，想切切实实来为地方人民做点事。当和几位常相过从的朋友谈起这件事时，经几位朋友一怂恿，因此从公私两方面筹了一笔钱，在三五位专家计划指导下，又得到十来位年轻工作人员的热忱合作，经过五年的努力，终于克服了一切困难得有今日成就。当这位老军官叙述到这个故事时，从他兴奋神色间，可以看得出一种真诚的愉悦，实比另一时叙述个人的战功还得意。因为战争实近于结束历史的“过去”，八年战争的牺牲，既净化了这个民族，而当前的工作，却在创造一个国家的“未来”，提高这个民族对文化的自信心和自尊心。二十个陈列室中最出色陈列室，应当数美术馆长个人的精美收藏和若干种有鲜明地方性的优秀美术品，还有一个房间，是三迤边区人民起居食宿住宅的模型。还有五个房间，都是国内最优秀画家，对于云南瑰玮秀丽景物与人民生活的写真。这些特别惊人成就，又差不多是得到美术馆在精神物质多方面的赞助下，方完成的。另外几间工艺品的陈列室，每一种还附设有指导机关，可供外地专家咨询那些美术品生产制作的过程。那个能容一千八百个坐位的会堂，将有三十场充满地方性的歌舞演出，能容二百五十坐席的小会堂，还准备有十五回专门艺术讲演。这种纪念美术馆成立的会期，将延长时候到一个月。所印行的出版物，因为精美而价廉，不仅当时成为本地年青人的一种教科书，此后多年，必然还将成为旅行西南的人选择礼物的对象。

凡此种种，我说的都好像一个梦，一个虽然美丽可不大切合实际的荒唐梦。因为事实的昆明，当前不是这个样子，五年后也未必能有这一天。现代政治的特点，一切不外应付现实。应付现实最具体的方法，即将钱堆上去比赛谁的数目最多，一切却又离不了一个市侩人生观的巧妙运用，谈文化建设，终不出宣传装点范围，那能作长远设计？现代商业自更不足道，除了赚钱，什么都说不上！凡事过分重实际效用的结果，不可免会使得这个地方壮年早衰而青年早熟，壮年早衰，则三四十岁的上层人物，凡事都不免只顾目前，对社会国家难作远大的憧憬，青年早熟，因此二十岁上下的知识分子，一切待发扬的优美天赋，无不在一种近于夙命情况中，为世故湮抑摧残殆尽。满街走着是二十岁的老少年，脸上不是罩上一层黯灰，即浮上一层油气，见强有力者即打拱作揖，社交礼貌都超过了需要，而年龄中对国家对生命应有的进步幻想与不可一世气概，反而千中选一，不易寻觅。一入社会即只想兼个差赚点小钱，再无横海扬帆的远志和雄心。这种现象对目前言，虽然可以维持一时社会安定与繁荣，以及个人谋出路的小小便利，对未来言，就未免太可怕了。为地方未来作计，这样一个理想的美术馆的实现，当不为无意义！

这样一个美术馆的实现，说来相当困难，作来其实也并不真正如何困难。云南有的是极合理想的美术馆馆长。家中收藏了许多好字画，平时来共同欣赏的人就不多，长久搁在家中真只会喂蠹鱼吃，若公开陈列，有助于云南青年学习就极多。至于爱好艺术的兴趣，若作一美术馆长，也许比带甲十万对国家还有贡献。云南还有的是最合理想的美术馆地址。翠湖中心那所大房子，环境既良好，地点又适中，公园的房子，正合用来作民众教育的地点，那里是杀气腾腾的军事机关宜于长期占据？只要稍稍费点力，交涉一下，花点钱收拾改造，不是正可象征西南偃武修文新局面的开始？云南还有的是足以接待国内外嘉宾的房子，你们试看看翠湖边上那座最新最讲究的大房子，不是长年都大半空着，让日晒雨淋？这房子既是由三迤人民的劳力积聚而成，房主人若明白事理，明白历史，就会觉得人民生活如此穷困不幸，个人却拥有此不祥的物，不仅无骄傲可言，实应当深觉羞愧。希望这房子到另一时，不至于如其他房子租给洋人作写字间，使他还有点历史价值，历史意义，当然是交还人民为合理。云南还有的是用不尽的钱，有的是另外一种不为世故腐蚀，充满热忱来学习来创造的有用青年，只要善于使用，凡是促进这个社会使之进步的任何工作，都无不可望在三五个领导者，及一群年青人努力下慢慢完成。目下所缺少的只是这样一种理想——与经商作官习惯不大相合的社会重造理想，如何能在一些人的头脑中，占据一个位置，浇灌以相当理智的营养，慢慢发芽生根。这些人若能把文化二字看得深刻一点，明白国家重造社会重造的工作，决不是当前所见如彼如此的表面粉饰宣传所可见功，还得作更多的设计，而艺术所影响到民族情感的丰饶和民族自信心的加强，有助于建国又如何大，如何重要。能在这种健康观念下，将知识，技术，金钱，以及年青人待使用的热忱来重新好好结合，再过五年，我当然就可望有一天重来昆明，参加这个美术馆成立的典礼了。我实希望有那么一天，来证明所谓“理想”二字，倘若对人类进步是合理的，对文化发扬是需要的，对多数人民是有益的，就终会有实现的一天！若有人对于他当前所处环境，所在负责地位上，敢疑其所当疑，而能信其所当信，对“理想”有所认识，这人即为明日地方之主人，青年之先知。

巴鲁爵士北平通讯（第七号）

余之通信于国内刊物仅发表数次，即得各方赐教甚多。且有附寄图表计划至若干种，误以为余于美援分配或能所主张者。有殷勤商讨诸问题，拟约余加入一有力政团学会，许以名誉顾问头衔者。鼓励多于批评，实令余兴奋。余通信所谈多中国文化与现代思想问题，作为一洋人观点谈中国事，其实正像隔山打虎，内行人看来，未免空空洞洞，外行人看来，又莫测高深；然犹有此结果，可见现实苦闷对于中国学人如何深刻；陷泥沉渊，绝望中犹盼援手有人也。近日故都宗教空气忽然特别浓厚，无线电播音，除明星唱歌，伟人讲演，大倭瓜对口相声经常节目外，忽添加福音一项。到时传教师努力作成慈悲腔调，苦口婆心，劝人为善，适当市面粮食绝迹定价失效之时，方法之不切实际，即上帝听来亦必皱眉。有一知名教授，因惠书询余感想，且盼余能公开答复。意若“洋人之至中国，本与传教有关，时代多变，今者似对中国内战特感关心之军事代表团，始肯来中国传教。诚对中国人民发生兴趣，新旧传教方法恐均得变更，始有意义也”。此教授所提问题，惟司徒雷登氏答复始能得体，因基督福音与军火接济本相互水火，大使身预其事不觉矛盾必有原因也。余对此事则沉思三日，得一庄重结语：宗教因迷信结集而产生，后因迷信游离而毁废。宗教亦可能再生，与传教师却无关，将由一种“人的科学”发展，对于迷信本质加以有效控制起始。科学家和诗人，必同为此庄严工作而携手服务。试为诠释因果，小作预言，作通信七。

“迷信”是个可诅咒的名词，含有历史性的血腥气和霉腐味，种种罪恶寄生于其间，如苍蝇之群集于臭肉。“去除迷信”因之亦成为一个永远明朗动人口号；从事其役的科学家或思想家，于旗纛下沉默而前，记录上有血迹斑斑。

然而试从人性深处发掘，迷信实和生命同在。是一种生命青春期的势能。这种势能有效管制，在人类历史中犹未着手。时复泛滥忘归，兼易自然结集；一切宗教由是而产生，各以地域、气候和民族品质不同，作种种不同发展。恰如一群蜗牛，沿井爬墙，行进缓速不齐，却各自留下一道曲折蜿蜒痕迹于身后。鸟瞰其经行处宜名为“道”。惟一个具概括性“道”字可以含容。道不可道，世人必习惯以虚喻实，始能有会于心。

由于近代科学的精细分工和纯理性抽象知识堆积，社会生活又复杂多方，迷信附于过去宗教产生的神权尊严，自然逐渐解体，分化凋零，若存若亡，颜色暗淡。但人类对于神的迷信，虽已消失无余，迷信本质实并未消失。本质永存，道可变易而不毁灭。迷信曾产生宗教，使之具强烈光辉，照耀历史，照耀人生；余光反映于文学艺术中，犹能使种族或个体生命丰富润泽，并具更大弹性，于前进中能承受挫折，战胜困难，增益幻想；沙漠之干枯，海洋之深广，以及生死契阔隔绝，均不能阻碍其人对天国或乐园向往。即世所谓“科学精神”，究其实，亦无不由于挹取沾润余芬剩馥而来。迷信至近代而解体，与宗教关系游离，另有所附丽；换言之，此本质已为另外一种强大引力所吸收，这引力名为“政治”。

政治通常本是一种实际人事的综合，需要技术多于艺术，社交多于思想。然世界在变动中，自帝王诸侯封建，各以不同方式转入现代，东方或西方，都有一共同事实，即宗教情绪重要部分由庙宇教堂逸出，一例渗入社会，政治于是进入一崭新时代。发展至最近，“无定向”与“褊持狂”，恰恰形成世界两极！

如对迷信取“适应”方式，由拒绝、否定，而又苦于无从束缚降服此浸润于有生具原始性之充沛剩余精力，因极力适应，求中和平衡，自然即见出缺少定向。如迷信取“把握”方式，比适应前进一步，企图与政治作大胆的混和，揉成一团，打成一片，终极且变成一个整体。既反复琢磨，不能自休，当然慢慢的即形成褊持狂。前者使“民主政治”摇摇欲坠，附属于此名词下社会组织，亦失效脱节，弱点暴露。后者在尝试过程中，也不免有矛盾，有消耗，有选择上的偏差。过程中能使一国家一民族文化圮塌衰败，也能使世界组织人类关系焕然一新。唯容易变质，即为进步而集权，由集权使体制僵枯，思想停滞，人民窒息；如人身恶瘤，某一部分细胞过度生长，与其他部分失去调协，终于促成总体死亡。

此不同两极相激相荡，相反相承，已共同形成一不可抵御无从控制之巨大势能，如黄河解冻，浊流汤汤，挟碎冰残雪奔赴而前，当之者如摧枯［拉］朽。惟载舟之物亦能覆舟。从当前操舟人技术观察欣赏，应付此新的未来，求从容不迫，措置裕如，实大不容易。纵不相挨相撞，亦易搁浅触礁。最脆弱一环，民族流血由之而生。

也就因此，一个原则，一堆名词，在若干年后人看来，或将认为毫无意义，毫无作用，然而在当前，却把年青灵魂和陈旧世界完全置于风雨飘摇不定局势中。近世纪科学知识或纯理性知识，放到这个现实中加以比照，本身都不免失去应有稳定性。燕雀翔而风雨至，“知识分子”之对现世所作成迎拒态度，二而一，即显明象征科学与理性在时代风雨中完全迷途。“天下大同”或“天下一家”伟大理想，早失去引导人类向前而进指标作用，虽头巾气极重书呆子和个性特强政治家，都怀疑名词实空洞迂腐，不欲言，不敢言。褊持狂则由个体到集团，彼此传染，彼此浸润，彼此粘合，终结则如旅鼠，如候鸟，并肩比翼，齐向不可知遥遥远方长征；或溺死于茫茫大洋中，或终达绿幽幽彼岸，……一切若偶然亦若宿命。中国古贤有言：“观天之变，察地之时，体悟人事及代谢之因果，不免悲天而悯人。”这悲悯感慨，或者就是对于历史上相似而不同现象，有所接触有所启发时而来。

物极则反，其中即寓有宗教“再生”机因。因为如有人能体会及“迷信”之为物，即是生命青春时一种活动或发酵机能，尚可望用一种更新原则加以驾驭，诱导，使之入轨就“道”，宗教情绪即有重新被捕捉就范可能。雉媒集雉，鹿鸣引鹿，猎获一禽一兽，犹相当费事，对此生命重要成分之完全把握，自然言易而行难。

宗教“复兴”与“再生”是两件事。复兴只是老式传教师好梦，一切努力犹如用毫无粘性既陈且腐之老教条作浆糊，来弥缝一迎风逆浪载重方舟漏罅，无效果可以想象得知。又恰恰如一平庸而无识医师，企图把灯草蝉蜕治愈一心腐肺烂病人，医师本人早已失去此奇迹自信，尚希望他人相信，由愚众呈献得暂时维持神堂香火和道袍威严。即有结果，实亦非宗教之福。再生是人类认识自己、完成自己、信心之重新觉醒，向“理想”有所寻觅，追求，步骤方式一新而阵列整齐不乱。此事实有待一种新兴独立思想观念的建立，一种“人的科学”的建立。由驾驭此不驯服、具原始性且多变易的势能起始，目前的自然科学和人文科学，统将为此伟大企图而虔诚服役。这种“人的科学”之深入与推进，如与日俱进，必使天下一家观念由一新途径寻觅试探，而逐渐完全证实。发展范围之广大，则目下犹无人能想象领会。

这种科学待产生，也必然会产生；在世界两极火花迸发中慢慢成形，孕育于旧式迷信所形成的猜忌、仇恨、恐怖中，生长于汩汩鲜血与熊熊烈火里。

主要工作将为生命本质之被有效控制，游离，转移于旧宗教或新政治以外。旧宗教本无可希望，铅由放射分裂而成，铅当然不复能成为铀。新政治亦受一因果律支配，凡事物本身若具有一过于强大之力量，同时即有一不可否认之惰性；物动速则难止。譬如下坡转丸，速度越增加，控制性即越少。既缺少平衡机能，终不免因跃进过速膨胀过甚而出事。迷信本质必继续分解，管制性特强政治成功国家，分解且愈益加剧。一切分解均非复旧，乃一更新的道路开辟。任何真理原则，必为时间所补充修正。

原子能的发现、认识及运用，见出近代科学的进步和科学家精细而大胆处。虽若为人类奇迹，亦同时将世界引入类似梦魇中。科学家辛勤成就，反若为狡诈政客与刚愎武人作卑屈服务。这个悲痛现实，已使得全世界第一流科学家，同感到深刻矛盾。由此也必然引申出另一相同观念和小异结论：此世间宜尚有一种新能力，在原子观以外，亦从阳光雨露而来。虽早已明白的“存在”，尚无人注意它的“可能”。这种新能力有一特性，并非呆定蕴藏土地岩石里，实浸润繁育于生命长流中；无所不到，不可分割，有生命处即可发现。生命个体必有成熟、衰老与死亡，此能力却永远活泼而年青。……沿袭旧称叫它作“迷信”，真正名词实为“生命本体”。它的特性业经分析清楚，一面包含无知而具有强烈冲动性，一面又即为现世界组织骨架和历史文化重要成因。照过去情形看来，出于个人蒸馏衍化可成为“艺术”，纯粹结晶便名为“哲学”。然仅仅从旧艺术与哲学中提精挈华，似只能作实验室用，公言应付现代，迎接现代，重造现代，则深感不足。因此新的“人的科学”，将为新艺术新哲学更多方面的促进，而从事于此二者，必为所有真正觉醒灵魂一种庄严而沉重工作。……目下在中国各地举行之科学年会，虽于沉默中闭幕，如需要一宣言，将余此文节录应用，实省事而得体。

这种新观念或新信仰于东方或西方同时生长，有生命处即必然有相似觉醒。由于民族性与土地接近，此观念与信仰，或更易于在东方发荣。日头出自东方，若并非仅仅一种象征；生命本源所在，即宜有更多储藏，由于爱，将其他多数生命燃烧、融化、提炼，以及重铸成形。一切过程将如音乐与诗，亦将产生更新的音乐与诗。新的宗教情绪必再生，由热情无私的科学家和思想家共同努力，在“血”与“火”中再生，至发育完成时，却将血与火两者完全扑灭。

“人生需要爱甚于恨，需要了解甚于隔离，需要生甚于死。”信你所深知，由此出发，使之在生命中如疟疾，发生高热，如伤寒，普遍传染，如水和阳光，取之不尽，用之不竭，万物同得滋润与繁荣。

冰原犹能生长苔类，为麋鹿所喜食，有阳光处即有生命，有生命处即能扩大生命界限。健康雄伟之人生进步信念，亦必然能于健康生命中生长。惟懦弱苍白之灵魂，则惟知于当前风雨中游移徘徊，为自全计逃避或阿谀，浪费有涯之生，对此未来宏壮远景的瞻瞩，全不感觉兴趣。……

将此陌生问题拈在手中，保育于生命里，推衍成为一种不可抗拒吸引力或亲和力，余之读者中宜有其人。

卅七年双十节

谈写字（一）

社会组织复杂时，所有事业就得“分工”。任何一种工作，必需要锲而不舍地从事多年，才能够有点成就。当行与玩票，造诣分别显然。兼有几种长处，所谓业余嗜好成就胜过本行专业的，自然有人。但这种人到底是少数。特殊天才虽可以超越那个限度，用极少精力，极少时间，作成发明创造的奇迹。然而这种奇迹期之于一般人，无可希望。一般人对于某种专门事业，无具体了解，难说创造；无较深认识，决不能产生奇迹。不特谨严的科学是这样，便是看来自由方便的艺术，其实也是这样。

多数人若肯承认在艺术上分工的事实，那就好多了。不幸得很，中国多数人大都忽略了这种事实。都以为一事精便百事精。尤其是艺术，社会上许多人到某一时都欢喜附庸风雅，从事艺术。惟其倾心艺术，影响所及恰好作成艺术进步的障碍，这个人若在社会又有地位，有势力，且会招致艺术的堕落。最显著的一例就是写字。

写字算不算得是艺术，本来是一个问题。原因是它在人类少共通性，在时间上又少固定性。但我们不妨从历史来考察一下，看看写字是不是可称为有艺术价值。就现存最古的甲骨文字看来，可知道当时文字制作者，在点线明朗悦目便于记忆外，已经注重到它个别与群体的装饰美或图案美。到铜器文字，这种努力尤其显然（商器文字如画，周器文字上极重组织）。此后大小篆的雄秀，秦权量文字的整肃，汉碑碣的繁复变化，从而节省为章草，整齐成今隶，它那变革原因，虽重在讲求便利，切合实用，然而也就始终有一种造形美的意识存在。因为这种超实用的意识，浸润流注，方促进其发展。我们若有了这点认识，就权且承认写字是一种艺术，似乎算不得如何冒失了。

写字的艺术价值成为问题，倒恰好是文字被人承认为艺术一部门之时。史称熹平时蔡邕写石经成功，立于太学门外，观看的和摹写的车乘日千余辆，填塞街陌。到晋有王羲之作行草书，更奠定了字体在中国的艺术价值，不过同时也就凝固了文字艺术创造的精神。从此写字重摹仿，且渐重作者本人的事功，容易受人为风气所支配，在社会上它的地位与图画、音乐、雕刻比较起来，虽见得更贴近生活，切于应用，令人注意，但与纯艺术也就越远了。

到近来因此有人否认字在艺术上的价值，以为它虽有社会地位，却无艺术价值。郑振铎先生是否认它最力的一个人，与朋友间或作小小的舌战，以为写字不能称为艺术。（郑先生大约只是觉得它与“革命”无关，与“利用学生”无关，所以否认它有艺术价值。至于某种字体笔画分布妥贴所给人的愉快，郑先生还是能够欣赏，所以当影印某种图籍时，却乐于找寻朋友，用极飘逸悦目的字体，写他所作那篇序文。）艺术，是不是还许可它在给人愉快意义上证明它的价值？我们是不是可以为艺术下个简单界说：“艺术，它的作用就是能够给人一种正当无邪的愉快？”艺术的价值自然很多，但据我个人看来，称引一种美丽的字体为艺术，大致是不会十分错误的。

字的艺术价值动摇，浮泛而无固定性，是否艺术成为问题，另外有个原因，不在它的本身，却在大多数人对于字的估价方法先有问题。一部分人把它和图画、音乐、雕刻比较，便见得一切艺术都有所谓创造性，唯独写字拘束性大，无创造性可言。并且单独无道德或情感教化启示力量，故轻视它。这种轻视无补于字的地位，自然也无害于字的艺术真价值。轻视它，不注意它，那就罢了。到记日用账目或给什么密友情人写信时，这轻视它的人总依然不肯十分疏忽它，明白一个文件看来顺眼有助于目的的获得。家中的卧房或客厅里，还是愿意挂一副写得极好的对联，或某种字体美丽的拓片，作为墙头上的装饰。轻视字的艺术价值的人，其实不过是对于字的艺术效果要求太多而已。糟的倒是另外一种过分重视它而又莫明其妙的欣赏者。这种人对于字的本身美恶照例毫无理解（凑巧这种人又特别多），正因其无理解，便把字附上另外人事的媒介，间接给他一种价值。把字当成一种人格的象征，一种权力的符咒；换言之，欣赏它只为的是崇拜它。前年中国运故宫古物往伦敦展览时，英国委员选画的标准是见有乾隆皇帝题字的都一例带走。中国委员当时以为这种“毛子精神”十分可笑。其实中国艺术鉴赏者，何尝不是同样可笑。近年来南北美术展览会里，常常可以发现吴佩孚先生画的竹子，冯玉祥先生写的白话诗，注意的人可真不少。假石涛假八大的字画，定价相当的高，还是容易找到买主。几个比较风雅稍明绘事能涂抹两下的朝野要人，把鬻画作画当成副业收入居然十分可观。凡此种种，就证明“毛子精神”原来在中国更普遍的存在。几年来“艺术”两个字在社会上走了点运，被人常常提起，便正好仰赖到一群艺术欣赏者的糊涂势利精神，那点对于艺术隔膜，批判不苛刻，对于名公巨卿又特别容易油然发生景仰情绪作成的嗜好。山东督办张宗昌，虽不识字，某艺术杂志上还刊载过他一笔写成的虎字！多数人这么爱好艺术，无形中自然就奖励到庸俗与平凡。标准越低，充行家也越多。书画并列，尤其是写字，仿佛更容易玩票，无怪乎游山玩水时，每到一处名胜地方，当眼处总碰到一些名人题壁刻石。若无世俗对于这些名人的盲目崇拜，这些人一定羞于题壁刻石，把上好的一堵墙壁一块石头脏毁，来虐待游人的眼目了。

所以说，“分工”应当是挽救这种艺术堕落可能办法之一种。本来人人都有对于业余兴趣选择的自由，艺术玩票实在还值得加以提倡。因为与其要做官的兼营公债买卖，教书的玩麻雀牌，办党的唱京戏，倒还是让他们写写字画点画好些。然而必需认识分工的事实，真的专家行家方有抬头机会，这一门艺术也方有进步希望。这点认识不特当前的名人需要，当前几个名画家同样需要。画家欢喜写美术字，这种字给人视觉上的痛苦，是大家都知道的。又譬如林风眠先生，可说是近代中国画家态度诚实用力勤苦的一个模范，他那有创造性的中国画，虽近于一种试验，成就尚有待于他的努力，至少他的试验我们得承认它是一条可能的新路。不幸他还想把那点创造性转用在题画的文字上，因此一来，一幅好画也弄成不三不四了。记得他那绘画展览时，还有个批评家，特别称赞他题在画上的字，以为一部分用水冲淡，能给人一种新的印象。很显然，这种称赞是荒谬可笑的。林先生所写的字，所用的冲淡方法，都因为他对于写字并不当行。林先生若还有一个诤友，就应当劝他把那些美丽画上的文字，尽可能的去掉。

话说回来，在中国，一切专业者似乎都有机会抬头，唯独写字，它的希望真渺茫得很！每个认字的人，照例都被动或自动临过几种字帖，刘石庵、邓石如、九成宫、多宝塔、张黑女、董美人，……是一串人熟习的名词。有人欢喜玩它，谁能说这不是你的当行，不必玩？正因为是一种谁也知道一两手的玩意儿，因此在任何艺术展览会里，我们的眼福就只是看俗书劣书，别无希望了。专家何尝不多，但所谓专家，也不过是会写写字，多学几种帖，能摹仿某种名迹的形似那么一种人吧。欣赏者不懂字，专家也不怎么懂字。必明白字的艺术，应有的限度，折衷古人，综合其长处，方能给人一点新的惊讶，新的启示。欲独辟蹊径，必理解它在点线疏密分布间，如何一来方可以得到一种官感上的愉快，一种从视觉上给人雕塑、图画兼音乐的效果。这种专家当然不多。另一种专家，就是有继往开来的野心，却无继往开来的能力，终日胡乱涂抹，自得其乐，批评鉴赏者不外僚属朋辈以及强充风雅的市侩，各以糊涂而兼阿谀口吻行为，赞叹爱好，因此这人便成一家。这种专家在目前情形下，当然越来越多。这种专家一多，结果促成一种风气，便是以庸俗恶劣代替美丽的风气。专家不抬头，倒是“塞翁失马”，消极的不至于使字的艺术十分堕落，专家抬头，也许更要不得了。

我们若在这方面还存下一点希望，似乎还有两种办法可以努力，一是把写字重新加以提倡，使它成为一种特殊的艺术，玩票的无由插手；二是索性把它看成一种卑贱的行业，让各种字体同工匠书记发生密切关系，以至于玩票的不屑于从事此道。如此一来，从装饰言，将来必可以看到许多点线悦目的字；从应用言，也可望多数人都写出一种便利流动的字。这种提倡值得大家关心，因为它若有了点效果，名流的俗字，艺术家的美术字，不至于到处散播，我们的眼目，就不必再忍受这两种虐待了。

谈写字（二）

一、宋四家

书画到宋代后，有了极大变化，说坏处是去传统标准日远，说特色是敢自我作古。经生体的稳重熟练把握不住，虞欧褚颜的创造天赋也都缺乏。试用代表这个时代的苏黄米蔡（图 1—4）作例，就可知道这几个人的成就，若律以晋唐法度规模，便见得结体用笔无不带点权谲霸气，少端丽庄雅，能奔放而不能蕴藉。就中蔡襄楷书虽努力学古，也并不成功。功夫即下得多，作字结体用笔，都呆俗无精神。米芾书称从兰亭出，去兰亭从容和婉可多远！若遇游山玩水，探胜访奇，兴会来时，攘袖挥毫，摩崖题壁，草草数行，自然尚有些动人处。函简往还，叙述家常琐事，跋赞法书名画，间或记点小小掌故，也留下些妙墨佳书，至若一本正经的碑志

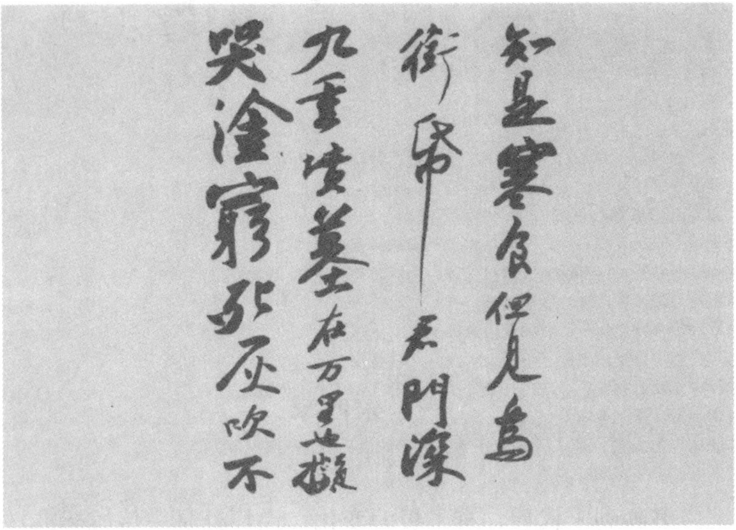

图 1　宋　苏轼《东坡黄州寒食诗》(局部)

图 2　宋　黄庭坚《伏波神祠诗卷》(局部)

图3　宋　米芾《苕溪诗》(局部)

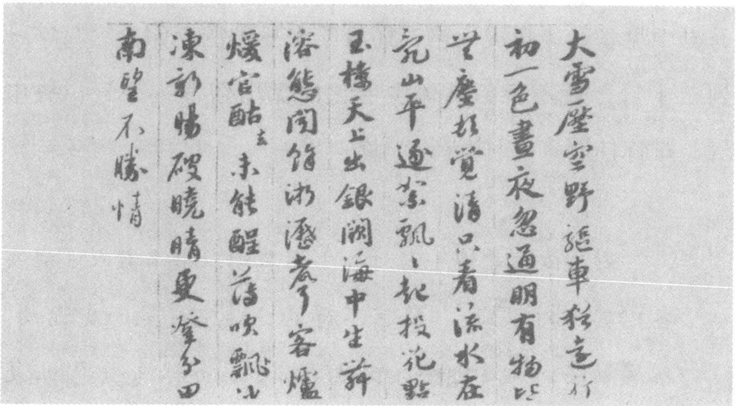

图4　宋　蔡襄《自书诗帖》(局部)

文字，四家实少合作。苏书《罗池庙碑》，蔡书《荔子谱》，《万安桥记》，都笔不称名。黄书做作，力求奔放潇洒，不脱新安茶客情调。恰如副官与人对杯，终不能令人想象曲水流觞情景也。米书可大可小，最不宜中，一到正正经经来点什么时，即大有不知如何做手脚急窘，此外理学大儒，馆阁词臣，元勋武将，词人骚客，也留下许多作品，如朱熹、王安石、司马光、文彦博、韩绛、吴琚、范成大、陆游，大多数可说是字以人传，无多特别精彩处。倒还是范成大和陆游较好。即以四大家而论，米称俊爽豪放，苏称妩媚温润，黄号秀挺老成，蔡号独得大王草法；其实则多以巧取势，实学不足，去本日远。即以对于艺术兴趣特别浓厚赏鉴力又极高之徽宗皇帝而言，题跋前人名迹时，来三两行瘦金体书，笔墨秀挺中见苍劲，自成一格，还可给人一种洒落印象。写字一到二十行，就不免因结体少变化而见出俗气，呆气，头巾气，难称佳制。《墨庄漫录》称：

海岳以书学博士召对，上问本朝以书名数人。海岳各以其人对，曰："蔡京不得笔，蔡卞得笔而少逸韵。蔡襄勒字，沈辽排字，黄庭坚描字，苏轼画字。"上复问："卿书如何？"对曰："臣书刷字。"

倪思评及宋贤书时，也有相似意见。大米虽有痴名，人实不痴，既善作伪，又复好洁成癖，对于自己一笔字，平时倒看得极重。其实论到宋代几个有名书家笔墨长短时，这种应对可谓相当准确，并非完全戏谑。说宋人已不能如虞欧褚颜认真写字，并不为过。

宋人虽不长于认真写字，可是后世人作园林别墅匾对，用宋人字体写来，却还不俗气。这种匾对照例可保留一种潇洒散逸情趣，容易与自然景物相衬。即作商店铺户横竖招牌，有时也比较傻仿颜柳字体少市侩气，呆仿六朝碑少做作气。就中尤以米苏字体，在卷轴上作一寸以内题识时，如吴琚与吴宽，笔墨尽管极力求脱俗，结果或者反而难免八分俗气。成行成篇还看得去，一个一个裁下看，简直不成东西！可是若把字体放大到一尺以后，不多不少来个三五字，又却常常雅韵欲流，面目一新。然放大米书容易，放大苏书似不容易。因此能作大字米黄体的有人，作苏书的世多不见。

二、近代笔墨

康南海先生喜谈书法，谈及近百年笔墨优劣时，有所抑扬，常举例不示例，不足以证是非。至于南海先生个人用笔结体，虽努力在点画间求苍莽雄奇效果，无如笔不从心，手不逮意，终不免给人一芜杂印象。一生到处题名，写字无数，且最欢喜写“开张天岸马奇逸人中龙”一联，却始终不及在云南昆明黑龙潭相传为陈抟那十个字来得秀雅奇逸！一个书家终生努力，还不及他人十个字给人印象之深，似乎也就大可不必写字了。昔人说，鲜于伯几康里子山笔下有河朔气，评语褒中寓贬。南海先生实代表“广东作风”，启近代“伟人派”一格。反不如梁任公胡展堂二先生同样是广东人，却能谨守一家法度，不失古人步骤，转而耐看。所以说南海先生代表广东作风，正可与画家中的高奇峰、高剑父、林风眠，同为一条战线上人物。笔下心中都有创造欲，可惜意境不高，成就因之亦有限。政治革命为社会民族作预言，事情不容易而容易；至于文学艺术革命，事情却容易而不容易。为的是这是另外一种战争！

因此让我想起一个附带建议，即盼望现代画家再莫题跋。尤其是几位欢喜题跋的画家，题跋常破坏了画的完美！

其实欲明白清代书法优劣，为南海先生议论取证，不如向故都琉璃厂走走，即可从南纸店和古董铺匾额得到满意答复。因为照习惯，这百十家商店的市招，多近两百年国内名流达宦手笔。虽匾额字数不多，难尽各人所长，然在同一限度中，却多少可见出一点各自不同的风格或性格。北平商店最有名市招，自然应数宣武门外骡马市大街“西鹤年堂”一面金字招牌，传为严分宜手书，还有神武门大街大高殿牌楼几个横额，字体从小欧道因碑出，加峻紧险迫，筋骨开张；二百年来还仿佛可从笔画转折间见出执笔者执拗性情。至于琉璃厂匾额，实美不胜收。二十六年最摩登的应数梅兰芳为“伦池斋”写的三个字。乾嘉时代多宰臣执政名公巨卿手笔，刘墉、翁方纲可作代表。咸同之季多儒将手笔，曾左可作代表。晚清多诗人名士手笔。法式善，宝竹坡可作代表。……入民国以后，情形又随政体而变，总统如黎元洪、袁世凯，军阀如吴佩孚、段祺瑞，此外如水竹村人（徐世昌）的大草书，逊清太傅陈宝琛的欧体书，内阁总理熊希龄的山谷体行书，诗人词客议员记者学者名伶如樊增祥、姚茫父、罗瘿公、罗振玉、沈寐叟、庄蕴宽、林长民、邵飘萍等等各有千秋的笔墨，都各据一家屋檐下，俯视过路人，也仅过路人瞻仰。到民八以后，则新社会露头角的名流，与旧社会身份日高的戏剧演员，及在新旧社会之间两不可少的印人画家，如蔡元培、胡适之、梅兰芳、程砚秋、齐白石、寿鉨诸人写的大小招牌，又各自填补了若干屋檐下空缺。所以从这个地方，我们不仅可以见出近两百年来有象征性的大人物名姓墨迹，还可从执笔者的身份地位见出时代风气的变迁。先是名公宰臣的题署，与宏奖风雅大有关系，极为商人所尊重。其次是官爵与艺术分道扬镳，名士未必即是名臣，商人倒乐意用名士作号召。再其次是遗老与军阀，艺员与画家，在商人心中眼中已给予平等重视，这些人本身也必然亦承认了这个现实平等观。“民主”二字倒真像快要来到了。再其次是玩古董字画卖文房四宝，已得用新的一群作象征，也可知事实上这个新的一群，在时代新陈代谢中，已成为风雅的支持者了。再其次，是琉璃厂古董铺已有悄悄改营金钞生意的，旧书铺或兼卖新体小说或率性改作纸烟杂货店，横匾自然就已到可有可无时代了。

三、市招与社会

若说从故都一条小街上的市招字体，可看出中国近百年书法的变，和中国历史文化的新陈代谢，及社会风气的转移，那从此外各地都会市招上，也一定可以明白一点东西。凡较热闹的省会，我们一定会感觉到一件事，即新的马路和新的店铺，多用新的市招。虽间或可从药店，和糕饼店、南纸店，发现一二旧式匾额，比较上已不多。可知这三样旧社会的商业，或因牌号旧，或因社会需要，在新的都会中尚勉强能存在。但试想想，旧药店已不能不卖阿司批灵，糕饼店也安上玻璃柜兼售牛奶面包，南纸店更照例得准备洋墨水和练习簿，就可知大都会这些旧牌号，虽存在实勉强存在，过不久恐都得取消了。最后剩下的将是中医与财神庙的匾额，这是中国人五十年内少不了的。虽然新式理发馆或大银行门面，依然常常有个伟人题字点缀，一看也就知道所需要的正如办丧事人家题铭旌，只是题字人的功名，字体好坏实已不再为任何方面注意。武昌黄鹤楼废基上的露天摊子，“小孔明”的招子，已到什么总队的大队长为用美术字招徕主顾了。

不过从执笔方面，也多少可以看出一点代表地方的象征。譬如说，南京有的是官大名分多的革命要人，市招上题名也大多数是这种要人。民十八以后，南京的旅馆、饭馆，以及什么公司，都可发现谭于诸老的墨迹，多少也可象征一个不再重职业阶级的民主国伟人气度。山东究竟是文化礼义之邦，济南市面虽日益变新，旧招牌尚多好好保存。较新的牌号，大多数还是一个胶东状元王垿所包办，《醴泉铭》作底子的馆阁体欧书，虽平板些尚不失典型。长沙是个也爱名人也重伟人的地方，（未焚烧前）各业匾额便多谭延闿先生争座位颜体大字，和书家杨仲子（杨度之弟）六朝体榜书，两人秋色平分。杭州是个也有名流也要书家的地方，所以商店中到处可见周承德先生宽博大方的郑文公碑体写在朱红漆金字大匾上。至若西湖沿湖私人别墅园亭，却多国内近卅年名流达官的题署。上海是个商业都会，并且是个五方杂处英雄豪杰活动地方，所以凡用得着署名市招的，就常有上海闻人虞洽卿、王一亭、杜月笙的题字。近代社会要人与闻人关系既相当密切，因之凡闻人的大小企业，从百货公司到成衣店，却又多党国要人题字。

四、新问题

大凡欢喜写写字，且乐意到一个新地方从当地招牌上认识那地方文化程度或象征人物的，都可能有个相差不多的印象或感想，即招牌字体有越来越不高明的趋势。或者因为新式商店门面宽窄无定，或者因为油漆匠技术与所用材料恶劣，居多招牌字体比例就永远不会与匾额相称，匾额又照例难与门面装饰性相调和。至于请求名人动笔的商人呢，似乎已到不明好坏不问好坏情形，只是执笔的官位越大或为人越富于商标性就越好。至于写字的名人伟人呢，若还想把它当成一件事作，好坏之间还有点荣辱感，肯老老实实找个人代笔，还不失为得计。不幸常常是来者不拒，有求必应。有些人（尤其是我们常见的“文化人”）许多许多竟特别欢喜不择纸笔，当众挥毫，表示伟大洒脱。不是用写径寸字体的结构方法放大成对径二尺三尺的大字，就是用不知什么东西作成的笔，三涂五抹而成，真应了千年前火正后人米颠说的，不是“勒”字就是“排”字，不是“描”字就是“刷”字。可是论成就，却与古人成就相去多远！虽说这种连扫带刷的字体，有时倒也和照相馆西药房这些商号本身性质相称，可是这一来，在街上散步时，我们从市招上享受字体愉快的权利，可完全被剥夺了。（但知识青年的纪念册，却正是这种伟人字的战场，恰恰如许多名胜地方墙壁上，是副官军需题诗的战场一样；论恶劣，真不容易公平批判！）

权利去掉后自然多了一种义务，那就是在任何地方都可碰头的伟人字和美术字。这两者合流，正象征一种新的形成，原来是奠基于“莫名其妙”和“七拼八凑”。从写字看文化，使我们感觉到像上月朱自清先生，对于政府十年前迫学生用毛笔的复古担忧，为不必要。也为梁思成先生主持北平文整会的修理工作的意见，同意以外觉得茫然。因为党国要人中虽还有个吴稚老，欢喜写写篆字，至于另外一位富有民主风度的于胡子，写的字就已经像是有意现代化，用大型特制原子笔作成莼菜条笔锋。北平琉璃厂的戴月轩李福寿，好笔作价已到三千万，政府那还有兴趣能够强迫人用毛笔写好字！至于费三十五十亿来收拾的故都，也真只是将将就就来收拾一下罢了。因为国内最有历史价值的建筑雕刻，当数山西河洛，许多地方都是梁先生伉俪在二十三到二十六年亲身调查过的。八年沦陷，云冈和天龙山已面目全非，五台赵城的土木建筑，毁去的更无可补救。和平胜利后，随之而来是一个更猛烈残酷的内战，炮火焚灼所及，这些东东西西留下的废墟，也会因种种情形而完全毁去本来样子，作成个踪迹不存。十年前保存在中国营造学社，人间仅有的一些建筑照片，听说一部分即已在八年前寄存于天津一银行库中时为水毁去。能爱惜、研究、保存的专家，全中国只那么一二人，个人即雄心依旧，必和国内其他工矿专家一样，也快老了，体力精神消耗得都差不多了，即有机会再来工作，也恐怕来不及了。全个国家却正在具体和抽象的两种大火中无限制的焚烧。读读《大公报》上连载的梁先生那篇文章，让我们看到一个对历史和文化有责任有良心的专家，活在二十世纪上半期的中国，灵魂上的灾难实如何深刻。梁先生也许会和我有同感，即一个故宫博物院最大的用处，如只是五月二十这一天，把宫灯挂出来点缀纪念，不能作更有意义的改革，并供给多数人研究学习的便利，这个博物院的存在与否，实在都无意义可言！且不妨比朱佩弦先生主张听它毁坍还激烈，进而主张一把火烧去。但目前更重要的，或者还是凡力之所及能保存的，即毁去也无助于社会革命发展的，读书人的急进诅咒，莫一例来煽火扬焰。社会分解加剧，“文化保卫”四个字若还有点意义，有许多事就值得分开来说来看，而这个分别的责任，即落在对国家民族对世界文化有认识有良心的读书人肩上。这时节作豪言壮语易，说这种良心话却难。我们实在还需要更多像梁思成先生的意见，提出给全国各方面参考。因为任何一个新的社会来临，就还需要工业和其他！

从写字也可让我们明白，社会在变，字体在变，可是字的存在为人民继续当作一种传达意见情感的工具来运用，至少在中国，总还有个百十年寿命可言。字本来是让人认识的，如像北伐以后，近二十年来政工人员写的美术字标语，实在不容易认识，也并不怎么美，使我觉得即此一事，提出向“传统学习”的口号，也就还有其必要！但是向一个现代从事政工人员说“标语字要明白简单醒目而有效果，宜于从传统学习”，当然像是完全胡说！因为凡是这一行工作，都正在打倒“传统”，而学的却是有现代性的“美术字”。辩论结果，只会相互头痛。